Heide-Renate Döringer

Chinesische Drachen

Mythen - Märchen - Legenden
aus dem Reich der Mitte

BOOKS on DEMAND (BoD)

© 2015 Heide-Renate Döringer
Alle Rechte vorbehalten

Buch- und Umschlaggestaltung
Manfred Brand, Berlin

Herstellung und Verlag
BoD - Books on Demand, Norderstedt
ISBN 978-3-7357-8074-4

Bibliografische Informationen
der Deutschen Nationalbibliothek
www.dnb.de

Für Valerie und Marie,
die im Jahr des Drachen Geborenen

Inhalt

Vorwort   9

I. Der chinesische Schöpfungsmythos   11
    Pangu zerbricht das Weltenei   *11*
    Das Drachenpferd   *13*
    Fuxi und das Drachenpferd   *14*
    Vier gewaltige Flüsse   *15*
    Yu und Die große Flut   *16*

II. Archäologische Funde   19
    Dinosauriereier   *20*
    Die Drachenmutter   *21*

III. Der chinesische Drache   23
    1. Erscheinungsformen des Drachen   23
       Die kluge Nühong   *24*
       Die Legende vom chinesischen Drachen   *25*
       Der kleine Wasserdrache   *27*
       Ein erklärter Drachenliebhaber   *33*
       Der grüne Drachenteich   *35*
       Sangeslust   *38*
       Von Sturmdrachen und Regenwolken   *41*
       Die Tochter des Drachenkönigs   *43*
       Existieren nun Drachen oder nicht   *50*
       Der Kampf zwischem dem Weißen und dem Schwarzen Drachen   *51*

2. Drache und Perle — 53
Die strahlende Perle — 55
Ein wundersamer Fund — 60
Auf dem Berg Kinabalu — 65
3. Die Söhne des Drachen — 66
Ein kluger Höfling — 68

IV. Im Land der Drachen — 69
1. Der Gelbe Fluss und der Jangzi — 69
Die Legende vom Gelben und vom Langen Fluss — 69
Der Gelbe Fluß — 74
Ho Po, der Graf des Gelben Flusses — 75
Wie das Heiraten des Flussgotts aufhörte — 76
Der Karpfen springt über das Drachentor — 78
Der Yangzi — 79
2. Drachen überall — 80
Warum in Peking Wassermangel herrscht — 80
Sieg über den Drachenkönig — 81
Die Täuschung — 83
Ein Plan — 84
Der Retter — 85
Der Drachenkönig-Tempel im Kunmingsee — 88
Ein seltsamer alter Mann — 89
Neun-Drachen-Wände — 90
Das Missgeschick — 91
Die längste Drachenwand — 92
Lung Ching Grüntee — 95

V. Drachen heute   97
1. Das Drachenmeer   97
Der japanische Gesandte   *98*
Drachenmedizin   *100*
2. Drachenadern   101
Taizu   *101*
Repulse Bay   *102*
Eine Geschichte aus China
Der Drache Long-bin und die traurige Mei-lin   104
3. Drachenfeste   118
Drachentänze   *118*
Besuch beim Menschenarzt   *119*
Das Drachenkopffest oder Der Drachen erhebt sich   *121*
Wu Zetian verärgert den Himmelsgott   *122*
Das Drachenbootfest   *123*
Verzweifelt   *125*
Der hungrige Flussdrache   *126*
4. Drache als Tierkreiszeichen   127
Eine Einladung von Buddha   *128*
Das große Wettschwimmen   *129*

Anhang
Nachwort   134
Quellen und Literaturverzeichnis   135
Landkarte   140
Chinesische Dynastien   141

Vorwort

China ist als „Das Land der Drachen" bekannt. In keinem anderen Land der Erde ist der Drache so bedeutend und allgegenwärtig wie hier. Der Drache gilt als Urahn der Chinesen und hat seit Menschengedenken deren Leben und Wohlergehen bestimmt. Im Unterschied zu dem im westlichen Kulturkreis bekannten bösen, feuerspeienden Drachen ist der chinesische Drache ein Glücksbringer, auch wenn er zuweilen Ungemach verursacht.

Alle Drachen sind oberste Wetter- und Regengötter, die Wasserbringer schlechthin, und somit Herrscher über Meere, Flüsse, Seen und Teiche. Ihr Wohlwollen ist in einem Agrarland von lebenswichtiger Bedeutung und darum wird ihnen seit vielen Jahrhunderten gehuldigt. Auch im modernen China besuchen die Menschen noch Drachentempel, bringen Opfer und veranstalten Feste zu Ehren der Drachen.

Chinesische Kaiser sahen sich als direkte Nachkommen des Drachengeschlechts und betrieben einen regelrechten Drachenkult. Schon Qin Shihuangdi, der erste chinesische Kaiser, machte den Drachen zu seinem Wappentier. Seither symbolisiert das Fabeltier kaiserliche Macht. Die Herrscher saßen auf dem Drachenthron, kleideten sich in drachenverzierte Seidenroben und umgaben sich mit zahlreichen Drachenabbildungen. Doch nicht nur die Kaiser, sondern auch die einfachen Bauern und Arbeiter waren Kinder des Drachen. Unzählige Mythen, Legenden und Volksmärchen berichten von den übermächtigen Drachen und ihren wunderbaren oder furchteinflößenden Taten.

Die Geschichten in diesem Buch sind eine Sammlung aus vielerlei Quellen. Die Begegnung mit ihnen bringt dem Leser den ***Chinesischen Drachen***, eines der vielschichtigsten Symbole Chinas, näher. Gleichzeitig geben die Texte Einblick in die chinesische Mythologie und verdeutlichen das Weltbild dieses großen fernöstlichen Volkes.

I. Der chinesische Schöpfungsmythos

Eine Fülle von Mythen und Legenden erzählt von der Entstehung des Kosmos, der Menschheit und der chinesischen Kultur. All diese Geschichten unterscheiden sich von Quelle zu Quelle, und es gibt mehrere Varianten des Ursprungsgeschehens. Eine der bedeutendsten ist die vom Weltenei und dem Riesen Pangu.

Pangu zerbricht das Weltenei

Bevor die Welt existierte, herrschte noch allgemeines Chaos, und es gab es nichts als eine urzeitliche eiförmige Masse und das kosmische Prinzip Yin und Yang, die beiden sich ergänzende Pole, Ursprung und Geist allen Lebens. In diesem Ei schlief Pangu, der Schöpfer der Welt, 18.000 Jahre lang. Dann endlich knackte er die Schale des Eies, streckte sich und ordnete das Chaos. Er arbeitete mit Hilfe von vier Kreaturen – einem Drachen, einer Schildkröte, einem Einhorn und einem Phönix – und gestaltete die Masse zu einer Kugel, so wie die Erde heute ist. Während dieses Prozesses schlossen sich die reinen, klaren Elemente zusammen und formten die Sterne, die Sonne und den Mond. Die dunklen, unreinen Elemente verdichteten sich zur Erde. Nachdem Himmel und Erde vollständig getrennt waren, hatte Pangu Angst, sie könnten wieder zusammenkommen. Er stellte sich deshalb so, dass sein Kopf den Himmel stützte und seine Füße die Erde hinunter drückten. Auf diese Art und Weise wuchs Pangu neunmal am Tag, gleichzeitig dehnte sich der Himmel aus und die Erde wurde dicker und fester. Pangu stand wie eine Säule zwischen Himmel und Erde, und als nach langer, langer Zeit die sichere Trennung schließlich gelungen war, brach er zusammen und starb.

Doch Pangus Wohltaten waren noch nicht beendet. Der tote Körper verwandelte sich folgendermaßen: Sein Fleisch wurde zu Erdboden, aus seinem Blut entstanden Flüsse und Seen, sein Atem wurde der Wind, seine Haare wurden die Pflanzen, seine Zähne und Knochen ergaben Metalle, sein Speichel den Regen, seine Stimme den Donner. Aus Samen und Knochenmark wurden Perlen und Jade und aus den Parasiten, die sich auf seinem Körper tummelten, entstanden die verschiedenen Völker der menschlichen Rasse. [1]

---

1   Classical Chinese Myths, S. 1

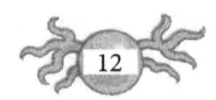

Eine andere Ursprungsgeschichte berichtet von dem mythischen Drachenpferd *(long ma)*, einem Urwesen aus dem Gelben Fluss.

Das Drachenpferd

Vor Jahrmillionen lebte im Gelben Fluss, dem Huang He, ein Tier mit dem schuppenbedeckten Körper eines Pferdes und dem Kopf eines Drachen, das so genannte Drachenpferd. Ungestüm ritt es auf den Wellen des Flusses und ließ diesen immer wieder über die Ufer treten. Endlich gelang es den Göttern, es zu zähmen. Da sprang es hoch über das Wasser und trennte mit einem kräftigen Schwanzschlag Himmel und Erde. Auf dem Rücken des Untieres glänzten zehn goldene Sonnen, die später am Himmel erschienen. Dort wechselten sie sich ab, erhellten und wärmten täglich die Erde und ließen Pflanzen und Tiere wachsen und gedeihen. Eines Tages jedoch wurde den Sonnen diese Routine zu langweilig, und sie beschlossen, einmal alle zusammen zu scheinen. Schnell wurde es glühend heiß auf dem Planeten, alles vertrocknete und selbst das Wasser in Flüssen und Seen verdunstete. Da kam der Himmelskaiser zu Hilfe und befahl Yi, seinem besten Bogenschützen, neun der zehn Sonnen abzuschießen. Als nur noch eine Sonne am Himmel stand, erholte sich die Erde schnell wieder von der fürchterlichen Dürre. [2]

Auch dem legendären Kaiser Fuxi, der zusammen mit seiner Schwester Nüwa als Schöpfer der Menschheit angesehen wird, schreibt man eine Begegnung mit dem Drachenpferd zu.

---

2   Wilkinson, Ph.: Mythology, S.174

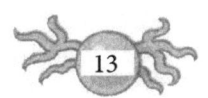

Fuxi und das Drachenpferd

Eines Tages saß Kaiser Fuxi, der Wohltäter der Menschheit, meditierend am Ufer des Gelben Flusses. Er dachte darüber nach, wie er den Menschen das Feuer gebracht hatte, damit sie heizen und kochen konnten; wie er sie lehrte, Netze zu knüpfen und zu angeln, damit sie nicht hungern mussten, und wie er ihnen schließlich auch noch die Qin zum Musizieren geschenkt hatte, damit sie fröhlich waren und tanzen konnten. Und während er sich so ganz zufrieden mit sich selbst fühlte, hörte er plötzlich ein heftiges Rauschen. Da teilten sich die Fluten des Flusses und ein Ungetüm stieg aus ihnen empor. Das Wesen hatte zwar die Gestalt eines Pferdes, aber den Kopf eines Drachen. Auf seinem Rücken kringelte sich lockiges Haar, in dem sternförmige Punkte leuchteten; sie glichen einer Landkarte. Fuxi sinnierte lange darüber nach, was das wohl zu bedeuten habe. Schließlich wusste er auch diese Zeichen zum Nutzen der Menschheit anzuwenden. Er entwickelte aus ihnen die acht Trigramme, Symbole, die der Weissagung dienen. Sie wurden die Grundlage des späteren I Ging, des sogenannten „Buchs der Wandlungen". [3]

Es heißt, dass in manchen halbverfallenen Tempeln am Gelben Fluss heute noch ein hölzernes oder tönernes Abbild des Drachenpferdes gefunden werden kann.

Wie aber nun die vier größten Flüsse Chinas entstanden sind, erzählt eine andere Geschichte.

---

3 Staufenbiel, G.: Heilige Drachen, S.159

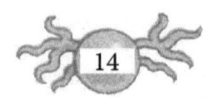

Vier gewaltige Flüsse

In Urzeiten war China ein Land ohne Flüsse, und deshalb waren Menschen und Tiere vollständig vom Regen abhängig. Da herrschte einst eine große Dürre und es erschienen Drachen als Helfer.

Im Osten befand sich das große Östliche Meer, und in diesem Meer lebten vier Drachen: der Lange Drache, der Gelbe Drache, der Schwarze Drache und der Perlendrache. Wenn es ihnen im Wasser zu langweilig wurde, erhoben sie sich über Land und spielten in den Wolken. Als sie wieder einmal in den Lüften herumtollten, bemerkte der Perlendrache eine große Aufregung unten auf der Erde. Er schaute genau hin und entdeckte eine riesige Menschenmenge, die um Regen betete, da die Ernte zu vertrocknen drohte. Schnell beriet er sich mit seinen Brüdern, wie man den Menschen helfen könnte. Die Drachen beschlossen, den Himmelskaiser um Hilfe zu bitten. Langer Drache schilderte dem Herrscher die Not und bat um Regen.

Nach dem Treffen flogen die Brüder zurück und waren sich sicher, geholfen zu haben. Doch kurze Zeit darauf hörten sie von der Erde wiederum Schreie der Verzweiflung. Der Regen, um den sie gebeten hatten, war nicht gekommen. Da sogen die Drachen so viel Wasser aus dem Meer heraus, wie sie nur konnten, und spien es über die Erde. Nun wuchsen die Pflanzen wieder und alle Menschen waren fröhlich, ganz im Gegensatz zum Himmelskaiser, den das sehr wütend machte. Zornig wies er den Gott der Gebirge an, seine Berge in den Himmel zu erheben und die Drachen im Fluge zu zerquetschen. Dieser gehorchte umgehend und die vier Drachen starben elendig. Ihre Körperteile und Organe aber fielen zur Erde und verwandelten sich in Seen und Flüsse.

Dem Schwarzen Drachen wurde der Amur (Heilong Jiang) im Norden zugewiesen, dem Gelben Drachen der Gelbe Fluss (Huang He) in Mittelchina, dem Langen Drachen der Jangxi weiter südlich und dem Perlendrachen schließlich der Perlfluss (Zhujiang) im äußersten Süden. [4]

Doch die Menschen verhielten sich nicht so, wie es die Götter erwarteten. P. Bandini erzählt in seinem Buch „Drachenwelt" wie sie dafür bestraft wurden:

Die große Flut

Voller Groll beobachtete der oberste Gott Tien Ti, Herrscher des Himmels und der Sterne, dass die Menschen auf falschen Pfaden wandelten. Da befahl Tien Ti der großen Flut, sich über die Erde zu wälzen, und das Wasser ertränkte die Ernte und begrub Häuser und Hütten unter sich. Bis an die Gipfel der Berge stieg die große Flut, so dass viele Menschen in den reißenden Gewässern umkamen und die Schreie der Ertrinkenden und der auf den Berggipfeln Zusammengedrängten bis hinauf in den Himmel schallten.

---

4   Zirkel, Eberhard

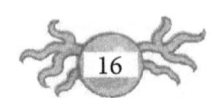

Den jungen Gott Yü rührte die Not der gequälten Menschen. Er warf sich vor dem Herrscher des Himmels auf die Knie und flehte ihn um Gnade an. Da gewährte ihm Tien Ti, den Menschen Rettung zu bringen. Zwei Gehilfen begleiteten Yü zur Erde hinab: eine Riesenschildkröte, die auf ihrem Rückenpanzer Zaubererde trug, und Ying-Lung, ein geflügelter Drache mit Schuppen aus Edelsteinen. Lange dauerte der Abstieg Yüs, der Schildkröte und des Drachen zur Erde hinab. Dreißig Jahre reisten sie von Land zu Land, um die verheerte Menschenwelt wieder fruchtbar und bewohnbar zu machen. Die Schildkröte verstreute ihre Zaubererde, die das Wasser aufsog und aus deren Krumen neues Land entstand. Yü befahl dem Drachen, so tief über die Erde zu fliegen, dass sein Schweif den Boden pflügte: So entstanden die Flussbetten, in die sich die tödliche Flut zurückzog. Mit seinen smaragdenen Schwingen grub der Drache Täler, schuf Mulden und Buchten und formte aus dem Schlamm der Vernichtung eine neue Welt.

Seit damals verehren die Menschen das Geschlecht der Drachen noch inniger, und jedes Kind lernt, sobald es etwas verständig geworden ist: Von den Drachen stammen wir ab, ein Drache hat die Menschheit gerettet, solange es Drachen gibt, wird es den Menschen auf Erden wohlergehen. [5]

---

5   Bandini, P.: Drachenwelt, S.132f

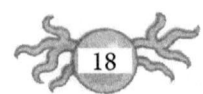

II. Archäologische Funde

Im Jahre 1987 machten Archäologen bei einem Bewässerungsprojekt am Gelben Fluss, in der Nähe des Ortes Leizi/Henan, einen sensationellen Fund. Sie stießen auf drei ca. 6000 Jahre alte Gräber und entdeckten neben den Skeletten etwas, das für die Drachenforscher von besonderer Wichtigkeit ist: In einem dieser Gräber wurde eine 1,78 Meter lange mosaikartige Drachenskulptur aus Süßwassermuscheln gefunden. Dieser Drache zeigt einen erhobenen Kopf und einen gekrümmten Rücken und vermittelt dabei den Eindruck, als ob er liefe. Seine Zähne und Krallen werden mit weißen und braunen Muschelschalen dargestellt, die Augen mit schwarzen und die Zunge mit dunkelroten. Die Schuppen des Körpers bestehen aus bogenförmigen Schalen. Heute kann man die Skulptur im Drachenkönigstempel am Nordufer des Gelben Flusses, ca. 60 Kilometer von der Provinzhauptstadt Zhengzhou/Henan entfernt, besichtigen. Spätere archäologische Funde in Zusammenhang mit Drachendarstellungen gibt es aus dem Neolithikum, der Zeit vom Beginn des Feldbaus im vierten bis zum Aufkommen der Bronze im frühen zweiten Jahrtausend v. Chr. Während des Neolithikums existierten in Nordchina zwei Hauptkulturen, die unter dem Namen *Yangshao-* und *Longshan-Kultur* bekannt sind. Als wesentliche Unterscheidungskriterien gelten ihre Keramikerzeugnisse, ihre charakteristischen roten bzw. schwarzen oder grauen Töpferwaren. Malereien auf diesen Gefäßen lassen „Urdrachen" in salamanderartigen Formen erkennen.

Aus den Zeiten der Shang-Dynastie (1600-1046 v. Chr.) gibt es mehrere Jadefunde, die einen Drachen darstellen.

Dinosauriereier

Wissenschaftler gehen davon aus, dass es einen Zusammenhang zwischen Dinosauriern und Drachen gibt. In der Provinz Henan fanden chinesische Paläontologen im Jahre 1993 ungefähr 5000 versteinerte Dinosaurier-Eier. Diese Fossilien sind etwa 100 Millionen Jahre alt. Zur gleichen Zeit, als man diese Funde in China machte, entdeckte der Paläontologe José Bonaparte in Patagonien ein Saurier-Ei, aus dem er den vollkommen erhaltenen

Körper eines Mussaurus-Babys bergen konnte. Es hatte ungefähr die Größe einer Hand und ähnelte erstaunlicherweise chinesischen Drachendarstellungen aus ältester Zeit. Es kann also sein, dass Menschen in China schon in Urzeiten solche Eier gefunden haben und glaubten, dass Drachen aus diesen Gebilden schlüpfen. Eine bekannte Sage, die zwar in späterer Zeit angesiedelt ist, könnte das belegen.

Die Drachenmutter

Während der Tsin-Dynastie (265-420 n. Chr.) lebte in der Provinz Guangxi ein Mandarin mit dem Namen Wen Yuan-Shui, der eine wunderschöne Tochter hatte. Das Kind bekam den Namen Tsin-Kong. Bereits als kleines Mädchen zeigte sich bei ihr die Himmelsgabe, Glück oder Unglück voraussagen zu können. Da sie mit ihren Vorhersagen den Menschen viel Hilfe leistete und manche Offenbarung des Himmels durch ihren Mund kundgetan wurde, betrachtete man sie mit großer Ehrfurcht und Bewunderung.

Tsin-Kong ging einmal an einem Flussufer spazieren und fand dort fünf riesengroße Eier, die in einem merkwürdigen Glanz erstrahlten. Das Mädchen brachte die Eier nach Hause und verwahrte sie dort als kostbaren Schatz. Aber schon nach wenigen Tagen barsten die Eier und es schlüpften fünf kleine, zolllange Drachen daraus hervor. Tsin-Kong setzte die Geschöpfe in einen Bottich, brachte ihnen täglich Nahrung und beobachtete beglückt ihr Wachstum. Bald aber wurden die fünf Drachen so

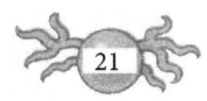

groß, dass das Mädchen sie zum Fluss trug und dort ins nasse Element entließ. Die Drachen aber hatten sich so an ihre Pflegerin gewöhnt, dass sie diese als ihre natürliche Mutter betrachteten.

Immer dann, wenn Tsin-Kong zum Fluss ging und sich am Ufer zeigte, kamen die fünf Drachen angeschwommen und legten ihr die schönsten Fische vor die Füße. So ging es ein ganzes Jahr lang; die Drachen wurden größer und größer, es wuchsen ihnen Hörner und ihre Schuppenpanzer erglänzten in fünf Farben. Beglückt rief da das Mädchen aus: „Oh, meine Söhnlein sind nun Drachen geworden. Die Welt wird staunen!"

Als sie diese Worte gesprochen hatte, brach ein fürchterliches Unwetter los, es regnete in Strömen und inmitten dieses Aufruhrs flogen die Drachen gen Himmel und nahmen ihre irdische Mutter mit sich. Die Leute, die nach Tsin-Kong suchten, fanden zwar ihre Kleider am Fluss, von ihr selber aber keine Spur mehr, sie war ja zum Himmel geflogen.

Man bereitete den Kleidern von Tsin-Kong ein feierliches Begräbnis, nannte sie von nun an „Alte Drachenmutter" und baute ihr einen Tempel an der Stelle dieses Grabes. [6]

---

[6] Guter, J.: Drachen-Ungeheuer und Glücksbringer, S.15f

III. Der chinesische Drache

1. Die Erscheinungsform des Drachen

Der chinesischen Mythologie zufolge hingen die frühgeschichtlichen Völker dem Totemkult an. Wahrscheinlich war der Stamm, der dem Drachentotem huldigte, der mächtigste von allen. Als sich nun die verschiedenen Völker mit ihren unterschiedlichen Totems zu einem einzigen chinesischen Volk vereinten, entstand ein neues Totem. Dies war ein unglaublich großer Drache, in dem die Menschen Teile ihres eigenen Totems wiederfinden konnten.

Kulturelle Relikte der Drachenverehrung wurden in den letzten Jahren in mehreren chinesischen Provinzen gefunden. Der bekannte chinesische Gelehrte und Schriftsteller Wen Yiduo (geb.1899 - ermordet 1946) hat festgestellt, dass im Altertum die Wu- und Yue-Völker einen Sippenverband bildeten, dessen Totem der Drache war, dem sie Opfer brachten. Der Sammelname dieser Stämme war früher Bai Yue (Die Hundert Stämme der Yue). Sie hatten den Brauch, sich Drachen auf ihre Körper tätowieren zu lassen und sich selbst als Söhne des Drachen zu bezeichnen. Wie es nun zum Ende der Tätowierungen kam, erzählt eine schöne Geschichte, die uns zurückführt bis in die Zhou-Dynastie vor rund 3000 Jahren zu Zeiten von Kaiser Taiwang.

Die kluge Nühong

Kaiser Taiwang hatte drei Söhne. Als diese erwachsen waren und der Kaiser verstarb, verließen die beiden älteren Jungen, Taibo und Zhongyong, mit ihrer Gefolgschaft die Hauptstadt, um ihrem jüngeren Bruder den Thron zu überlassen. Sie überquerten den Jangzi und ließen sich in der Gegend von Suzhou nieder. Aus dem Einzugsgebiet des Gelben Flusses brachten sie die fortgeschrittenen Produktionstechniken mit und leiteten die Menschen an, Kanäle auszuheben, um das Hochwasser in den Taihu-See abzuleiten. Nun hatten die Drachen keine Unterkunft mehr und verschwanden.

In jenen Zeiten tätowierten sich die Menschen Drachengestalten auf ihren Körper, da sie bemerkt hatten, dass sich Drachen gegenseitig nicht angriffen. Obwohl die Drachen nun verschwunden waren, blieb die Sitte der Tätowierung erhalten, denn man konnte ja nicht wissen, ob sie wiederkämen. Nach dem Tod Taibos beschloss Zhongyong jedoch, dem immer mit Schmerzen verbundenen Tätowieren ein Ende zu bereiten. Als er sich eines Tages mit seinen Würdenträgern beriet, war seine Enkelin Nühong zugegen, die sich ihre Kleidung nähte. Unversehens stach sie sich mit der Nadel in den Finger. Als sie den Stich spürte, dachte sie, wie schmerzvoll wohl das Tätowieren sein müsse. Da kam sie auf die Idee, Drachen lieber auf die Kleidung zu sticken als in die Haut zu stechen. Gesagt – getan!

Hinter verschlossenen Türen stickte Nühong sieben Tage und sieben Nächte lang, und dann war eine Robe mit

Drachenmustern fertig. Sogleich zog Prinz Zhongyong das Gewand an und ging damit auf die Straße. Die Menschen jubelten ihm zu. So verbreitete sich der Brauch zu sticken sehr schnell, und mit den schmerzhaften Tätowierungen hatte es ein Ende. [7]

M. Sellier und C. Louis haben ein wunderschönes Märchen zur Entstehung des allmächtigen Totemtieres DRACHEN geschrieben.

Die Legende vom chinesischen Drachen

Einst, vor langer, langer Zeit, lebten in China Männer, Frauen und Kinder unter dem Schutz wohlwollender Geister. Sie jagten und fischten für ihren Lebensunterhalt und suchten sich deshalb ein Totemtier aus, das ihnen nahestand.

So wählten die Menschen in der Nähe des Ozeans den Geist des Fisches, der im Wasser glitzert. Die in den Bergen wohnenden adoptierten den Vogel, der gut die Wolken davonjagen kann. Jene in den Ebenen erwählten sich das Pferd, das so schnell wie der Wind rennt. Die in den Hochtälern stellten sich unter den Schutz der Schlange, der leise von einem Ort zum anderen gleitet. Die Bauern in den Reisfeldern vertrauten sich dem Ochsen an, der ein Freund des Menschen und ein unermüdlicher Arbeiter ist. So lebten Männer, Frauen und Kinder in China unter dem Schutz von Fisch, Vogel, Pferd, Schlange oder Ochs.

Trauriger weise waren die Stämme neidisch aufeinander

---

7 Qiu Huangxing: Sitten und Gebräuche in China, S.57

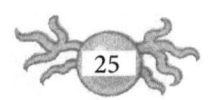

und auf ihre Totems, und deshalb kam es oft zum Krieg. Sie kämpften so oft, dass eines Tages die Kinder aller Stämme in China beschlossen, dem Krieg den KRIEG zu erklären. Sie kamen auf die Idee, ein Tier zu kreieren, das alle Menschen beschützen würde. Ein Tier, das so beweglich ist wie der Fisch, so frei wie der Vogel, so schnell wie das Pferd, so schlau wie die Schlange und so stark wie der Ochse. Sie nahmen deshalb den Körper der Schlange und klebten auf ihn die Schuppen des Fischs. An dem Kopf des Pferdes befestigten sie die Hörner des Ochsen. Schließlich setzten sie Kopf und Körper zusammen und verliehen dem Ganzen die Flügel des Vogels. Sie gaben diesem wunderbaren Tier, das in der Luft fliegen, im Wasser schwimmen und auf der Erde laufen konnte, den Namen DRACHE.

Als die Männer und Frauen aller Stämme in China den Drachen sahen, den ihre Kinder geschaffen hatten, fanden sie ihn so wunderschön, dass sie zum ersten Mal Frieden schufen und schworen, sich nie mehr zu bekämpfen. Das gelang natürlich nicht immer, und es gab auch wieder Kriege im Laufe der Jahre. Der Drache aber gilt heute noch als Symbol des Friedens und spielt eine wichtige Rolle bei zahlreichen Feierlichkeiten. [8]

(Übersetzt von H.-R. Döringer)

---

[8] Sellier&Louis: Legend of the Chinese Dragon

Valerie, 13 Jahre

Ein weiteres, kunstvoll illustriertes Märchenbuch von Li Jian erzählt die Geschichte vom kleinen Wasserdrachen und nimmt darin ebenfalls Bezug auf das Totemtier.

Der kleine Wasserdrache

Vor langer, langer Zeit lebte in einem kleinen Bergdorf in China ein Junge namens Ah Bao. Jeden Tag ging er in den Wald, um Feuerholz zu holen. Eines Tages, während er wieder

Holz zusammensuchte, entdeckte er plötzlich im Gras einen leuchtenden roten Stein. Verwundert hob Ah Bao ihn auf, betrachtete ihn von allen Seiten und nahm ihn schließlich mit nach Hause. Da er nicht wusste, wo er den Stein aufbewahren sollte, legte er ihn einfach in den Reistopf. Gleich darauf hörte der Junge es im Topf knistern und rascheln, und der Reis vermehrte sich und wurde immer mehr und mehr, sodass er schließlich über den Rand hinaus floss. Da nahm Bao den roten Stein und legte ihn in seine Spardose. Auch hier war sofort ein klingendes Geräusch zu hören, und es dauerte nicht lange, da quollen die Münzen aus der Dose hervor. Nun wusste Ah Bao: Dieser Stein muss Zauberkraft haben! Von dem Tage an herrschte keine Not mehr im Dorf, denn Ah Bao teilte Reis und Geld mit all seinen Nachbarn.

Erstaunlicherweise fiel aber seit dem Auffinden des Steins kein Regen mehr; die Flüsse trockneten aus und die Pflanzen auf den Feldern verdorrten. Ah Bao steckte den Zauberstein in seinen Wassereimer und hoffte auf die glückliche Vermehrung. Doch zu seinem großen Erstaunen verschlang der Stein alles Wasser. In der folgenden Nacht träumte Ah Bao von einem weißen Wasserdrachen, der in den Wolken tanzte und es auf die Erde regnen ließ. Da beschloss der Junge, sich auf die Suche nach dem Wasserdrachen zu machen. Er schnürte sich ein Bündel und zog los. Nach ein paar Tagen traf Ah Bao auf eine riesige Schlange, die ihm vor einem Berg den Weg versperrte. Er fragte: „Kannst du mir sagen, wo ich den Wasserdrachen finde?" „Wenn du den Felsen von meinem Schwanz rückst, werde ich dir sagen, wo er ist", kam die Antwort. Ah Bao fand einen dicken Ast und hob damit den Stein an. Die Riesenschlange gab ihm dankbar für seine Hilfe ein Stück ihrer Haut und sprach dazu: „Nimm Junge, das wird dir auf deiner Reise hilfreich sein! Der Wasserdrache, den du suchst, lebt weit im Osten. Sei aber vorsichtig, denn du wirst unterwegs ein gieriges rotes Ungeheuer treffen!"

Ah Bao dankte der Schlange für das Stück ihrer Haut und setzte seine Wanderung nach Osten fort. Schließlich kam er zu einem fast trockenen Flussbett und sah in einer kleinen Wasserlache einen Karpfen schwimmen. „Kannst du mir sagen, wo ich den Wasserdrachen finde?", fragte Ah Bao. „Wenn du mich zu dem Brunnen dort hinten bringst, werde ich dir sagen, wo er ist", antwortete der Fisch. Mit beiden Händen hob Ah Bao den Fisch aus dem Fluss und brachte ihn zum Brunnen, wo er ihn ins Wasser setzte. Der Fisch gab ihm ein Stück seiner Haut, das mit vielen Schuppen bedeckt war, und sprach: „Nimm Junge, das wird dir auf deiner Reise hilfreich sein! Der Wasserdrache, den du suchst, lebt weit im Osten. Sei aber vorsichtig, denn du wirst unterwegs ein gieriges rotes Ungeheuer treffen!" Ah Bao dankte dem Fisch für die Schuppenhaut und wanderte weiter in Richtung Osten.

Nicht lange, so erreichte der Wanderer einen Wald. Dort traf er auf einen Hirsch, dessen Geweih sich in einen Baumstamm gebohrt hatte. Ah Bao fragte wiederum: „Kannst du mir sagen, wo ich den Wasserdrachen finde?" „Wenn du mein Geweih aus dem Baum befreist, werde ich dir sagen, wo er ist!" Da nahm Ah Bao seine Axt und löste das Geweih aus dem Holz. Der Hirsch war so froh, endlich wieder frei zu sein, dass er dem Retter seinen Kopfschmuck schenkte. „Nimm Junge, das wird dir auf deiner Reise sehr hilfreich sein! Der Wasserdrache, den du suchst, lebt weit im Osten. Sei aber vorsichtig, denn du wirst unterwegs ein gieriges rotes Ungeheuer treffen!" Ah Bao bedankte sich wieder höflich und setzte seine Wanderung fort.

Bald kam er zu einer steilen Felswand. Dort traf er einen Adler mit seinem Jungen an. „Wisst ihr, wo ich den Wasserdrachen finden kann?", fragte er wieder. Der Muttervogel sprach: „Wenn du mein Kleines in unser Nest hoch oben auf dem Felsen bringst, verrate ich dir, wo der Wasserdrache lebt." Ah Bao band das Junge in sein Tuch und kletterte mit ihm den Felsen hoch. Oben setzte er es ins Nest, und die Adlermutter schenkte ihm zum Dank ein Paar Klauen, dazu sprach sie: „Nimm Junge, diese werden dir auf deiner Reise hilfreich sein! Sei aber vorsichtig, denn du wirst unterwegs ein gieriges rotes Ungeheuer treffen!"

Nachdem er sich bedankt hatte, wanderte Ah Bao weiter gen Osten, und es dauerte nicht lange, da traf er auf das rote Ungeheuer, vor dem ihn jeder gewarnt hatte. Unerschrocken fragte Ah Bao: „Weißt du, wo ich den Wasserdrachen finde?" „Du wirst ihn nicht finden, wenn du den Drachenball nicht hast", antwortete das Ungeheuer mürrisch. „Wie sieht der denn aus? Sieht er so aus wie mein roter Stein?", fragte Ah Bao und hielt seinen Stein in die Höhe. „Das ist er. Der gehört mir. Gib ihn sofort her!", schrie das gierige Ungeheuer und versuchte Ah Bao zu grabschen. Der wusste aber, dass er sich nicht wehren konnte und rannte so schnell ihn seine Füße trugen davon. Das Monster *verfolgte ihn und schrie: „Ich werde dich auffressen!" Ah Bao dachte: „Wenn ich den Drachenball verliere, werde ich niemals den Wasserdrachen finden", und in seiner Not verschluckte er seinen Stein und sprang vom Felsen in die Tiefe.*

Ah Bao landete in einem riesigen Wasserloch. Nachdem er an Land geschwommen war, fühlte er sich unheimlich durstig und trank von dem Wasser. In Sekundenschnelle hatte er alles ausgetrunken und war dennoch durstig. Ah Bao wanderte zum Ostchinesischen Meer und trank Seewasser; er trank so lange, bis sein Durst endlich gestillt war. Doch plötzlich geschah etwas Seltsames mit ihm: sein Körper wurde lang wie der einer Schlange und überzog sich mit Schlangenhaut, sein Rücken war von Fischschuppen bedeckt, auf seinem Kopf prangte das Hirschgeweih, seine Hände und Füße verwandelten sich in Adlerkrallen und seine Augen schließlich leuchteten glänzend rot wie der Drachenball. Dann flog er gen Himmel, tanzte in den Wolken, schwebte dann nach unten über die trockenen Felder und besprühte sie mit Regen. Ah Bao hatte sich in einen Wasserdrachen verwandelt, der so lange die Felder bewässerte, bis sie wieder grün und fruchtbar wurden. [9]

Auch in diesem Märchen werden Hauptattribute des chinesischen Drachen aufgezeigt. Generell geht man davon aus, dass die Erscheinungsform des Fabelwesens Teile von **neun** verschiedenen Tieren aufweist. Es heißt:

---

9   Li Jian: The Water Dragon

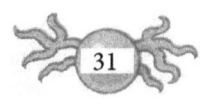

der Kopf gleicht dem eines Kamels
er trägt die Hörner eines Hirschen
die Augen gleichen denen eines Hasen
der Hals dem der Schlange
der Bauch dem eines Frosches
die Tatzen (Füße) denen des Tigers
die Klauen denen des Adlers
und die Haut den Schuppen eines Karpfen

Die Anzahl der Schuppen beträgt 117, davon sind 81 Yang-Schuppen (männlich) und 36 Yin-Schuppen (weiblich). Beide Zahlen sind durch die Zahl 9 teilbar und somit extrem glückverheißend. Zu beiden Seiten des Maules wachsen lange Barthaare.

Die männlichen Drachen tragen oft unterhalb des Kinns oder an der Kehle die magische Perle. Diese steht für die große Weisheit und die Glück bringende Energie des Drachen. In der chinesischen Mythologie wird dem Drachen unter anderem die Fähigkeit zugeschrieben, sein Aussehen und seine Gestalt zu ändern, auch kann er sich fortbewegen, wie's ihm beliebt. So soll ein Drache eines Tages den Fürsten Ye besucht haben:

Ein erklärter Drachenliebhaber

Vor langer, langer Zeit lebte ein gelehrter Mann namens Fürst Ye, der sich damit brüstete, Drachen über alles zu lieben. Überall und stets stellte er seine Obsession zur Schau. Er ließ seine Kleidung mit Drachen besticken, seine Möbel mit Drachenmustern verzieren und sogar in sein Schwert einen Drachen gravieren. Er schlief in Drachenbettwäsche und aß von Drachentellern. Seine Lektüre bestand ausschließlich aus Drachengeschichten, er schrieb auch selbst dergleichen und malte in seiner Freizeit Drachenbilder.

Nun geschah es, dass eines Tages ein himmlischer Drache von der Vorliebe des Fürsten erfuhr, und er beschloss, diesen zu besuchen und mit ihm Freundschaft zu schließen. An einem sonnigen Nachmittag, als Fürst Ye gerade in seinem mit Drachen geschmückten Studio stand und ein neues Drachenbild malte, verdunkelte sich das Zimmer. Es war, als ob ein riesiger, schwarzer Schleier vom Himmel gefallen wäre. Heftige Windstöße brachen die Fenster auf und füllten den Raum mit dichten Wolken. Ein Blitz brachte kurzfristig Helligkeit, dann folgte ein Donnerschlag.

Bevor der Fürst noch die klappernden Fenster schließen konnte, erschien hinter den dunklen Wolken ein gigantischer Drache. Auf seinem riesigen Kopf trug er ein Hirschgeweih, seine Augen sprühten, der schlangenartige, geschuppte Körper wand sich und die scharfen Krallen schienen zupacken zu wollen. Der Drache öffnete sein kamelartiges, blutrotes Maul, um zu lächeln und dem Fürsten seinen unerwarteten Besuch zu erklären. Doch der Hausherr war nirgends zu sehen. Es stellte sich heraus, dass der Drachenliebhaber beim Anblick eines echten Drachen so erschrak, dass er ohnmächtig zu Boden fiel. [10]

Nach Vorstellung der Chinesen sind Drachen überall und allgegenwärtig! Dennoch ist man versucht, eine Ordnung zu schaffen, und so werden in einer Art kosmischer Gliederung Himmelsrichtungen und Jahreszeiten von unterschiedlichen Drachen beherrscht.

Im Osten regiert der **Blaue Drache**, der auch als Drache der Lüfte bekannt ist. Er kann, wie der Himmel selbst, in allen Azurfarben schillern. Den Menschen bringt er milde, ergiebige Regengüsse, die das Wachstum der Pflanzen fördern und eine gute Ernte versprechen. Wichtige Ereignisse werden oft durch das Erscheinen des Blauen Drachen angekündigt. So sollen vor der Geburt von Konfuzius sogar zwei Blaue Drachen gesichtet worden sein. Der Blaue Drache ist der **Frühlingsdrache.**

---

10 Erzählung von Li Shuang

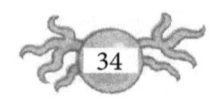

Nun gibt es noch den **Grünen Drachen,** der von manchen Gelehrten als eine Erscheinungsform des Blauen Drachen angesehen wird. Während der Blaue Drache die Wasser des Himmels, also – Wolken und Regen – regiert, so beherrscht der Grüne, oft auch als Schlangendrache angesehen, alle Gewässer und reguliert den Lauf der Flüsse. Josef Guter hat ein Märchen aus Nordchina gefunden, das vom Grünen Drachen erzählt:

Der grüne Drachenteich

Die Stadt Tientsin liegt an der Mündung von neun Flüssen, nicht weit von der Meeresküste entfernt. In diesen Flüssen lebten einst neun starke Drachen. Der Drachenkönig wollte sie gerne alle in seinem Gefolge haben, und so verheiratete er seine neun Töchter an die neun Drachen.

Am Geburtstag des Drachenkönigs kamen sie alle zusammen, die Töchter und die Schwiegersöhne, um ihre Glückwünsche darzubringen. Es war schon Mittag geworden, aber des Drachenkönigs jüngste und liebste Tochter, die Blumenprinzessin, war mit ihrem Gatten, dem Grünen Drachen, noch immer nicht erschienen. Der Drachenkönig wartete bis zum Nachmittag, aber als auch dann nicht das Geringste von ihnen zu sehen war, wurde er sehr unruhig. Er befahl dem Ersten Minister, der Schildkröte, alle seine Truppen zu sammeln und mit ihnen, den Krabben und Krebsen, die Vermissten zu suchen.

Die Blumenprinzessin und der Grüne Drache hatten pünktlich am Morgen ihren Fluss verlassen, hatten die Wolken

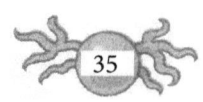

bestiegen und waren auf ihnen meerwärts gezogen, um pünktlich den Palast des Drachenkönigs zu erreichen. Als sie nun außerhalb des südlichen Tores der Stadt Tientsin das Dörfchen Liqi erreichten, bot sich ihnen ein trostloses Bild. Die Dürre hatte das Land derart versengt, dass die Blätter welk an den Bäumen hingen, die Blumen verdorrt waren, die Getreidefelder dürr und die Leute kein Trinkwasser mehr hatten.

Der Grüne Drache konnte das nicht mit ansehen und wollte gleich einen Wolkenbruch entfachen, aber die Prinzessin hielt ihn davon ab und mahnte: „Sei nicht so stürmisch, lieber Mann, denn wenn ganze Sturzbäche niedergehen, so ist das gefährlich für all die dürren Pflanzen und Blumen, es ist viel besser mit einem leichten Sprühregen zu beginnen!"

„Du hast recht, liebe Prinzessin", sagte da der Grüne Drache, „ich war viel zu ungeduldig!" Und so sprühte er nur ganz leicht Regen über das Land, während die Blumenprinzessin die Wolken pflügte, damit ihr Mann immer genug Feuchtigkeit zur Verfügung hatte.

Auf der Erde erholten sich die Felder rasch, am Nachmittag waren sie schon wieder grün, die Blumen blühten auf, und an den Bäumen wurden sogar die Blätter wieder grün. Alle Menschen atmeten erleichtert auf und schöpften in bauchigen Krügen wieder klares Wasser aus dem Fluss.

Die Soldaten hatten mit dem Ersten Minister inzwischen die beiden Vermissten erspäht. „Oh weh", riefen sie, „da seid ihr ja, ihr habt beide allen im Palast großen Kummer bereitet. Und nun macht ihr auch noch am unrechten Ort und zur unrechten

Zeit Regen!" "Wie sollen wir das denn verstehen?", fragten der Grüne Drache und die Blumenprinzessin fast einstimmig.

"Ja wisst ihr denn nicht", sagte da die Schildkröte, dass dieses Volk hier recht widerborstig und ungläubig wurde in den letzten Jahren? Sie lehnten es sogar ab, für den Drachenkönig einen Tempel zu bauen. Die Bilder und Altäre unseres Königs in den Tempeln sind verwaist, sie achten ihn nicht mehr, weil sie glauben, alles aus eigener Kraft vollbringen zu können. Als unser König dieser Gegend einen Besuch abstattete, zeigte man ihm die kalte Schulter. Da wurde er zornig und beschloss, in diesem Landstrich zehn Jahre lang keinen Regen mehr fallen zu lassen. Dürre und Hunger sollten die Strafen sein."

Als der Erste Minister sah, dass die Blumenprinzessin trotz dieser Erklärung fortfuhr, die Wolken zu pflügen, wurde er deutlicher und sagte: "Diese Gegend untersteht dem Drachenkönig allein, er wird euch beide schwer tadeln!" – "Unsere Pflicht und Aufgabe ist es, den Fluren Regen zu bringen. Was sollte also an unserem Tun falsch sein?" – "Der König hat uns ausgesandt, euch zu suchen und zum Palast zu begleiten!", sagte darauf der Erste Minister und nötigte die beiden zum Aufbruch.

Ein paar Finger voll Regen wollten sie aber doch noch zur Erde senden, und als sie noch ein Weilchen verblieben, schwebte auf den Wolken der Drachenkönig höchstpersönlich daher und fuhr die beiden zornig und wütend an: "Was fällt euch ein, meine Gebote einfach zu missachten und es hier in der Gegend regnen zu lassen!"

Die beiden konnten sich verteidigen, wie sie wollten, der Drachenkönig wurde nur noch wütender. In seinem Zorn befahl er den Soldaten, dem Grünen Drachen den Kopf abzuschlagen und die Blumenprinzessin fortan in den Palast zu sperren. Und so wurde der menschenfreundliche Grüne Drache in den Lüften über dem Dörfchen Liqi geköpft. Aber als sein Haupt abgeschlagen war, floss kein Tröpfchen Blut. Was aus seinem Hals herausschoss, war klares, kühles Wasser, das nun zur Erde rann. Das Wasser sammelte sich bei dem Dörfchen zu einem großen Teich. Und seither nennt man dieses Gewässer in der nun fruchtbaren Gegend „Grüner Drachenteich." [11]

Dem Süden sind zwei Drachen zugeordnet, der **Gelbe** und der **Rote** Drache. Eine Geschichte vom Drachen im Süden erzählt man sich so:

Sangeslust

In Yunnan lebten einst ein armer Bauer und seine Tochter. Eines Tages traf eine große Dürre das Land und Vater und Tochter konnten auf ihrem Feld nichts mehr ernten. So stiegen sie täglich hoch hinauf in die Berge, um etwas zu essen zu finden oder Kräuter, die sie auf dem Markt verkaufen könnten. Doch dann wurde der Vater krank und das Mädchen musste sich allein auf den Weg machen. Als es so umherwanderte, entdeckte es plötzlich einen wundervollen klaren Bergsee. Das Mädchen setzte sich am Ufer nieder und dachte: „Wie schade ist es doch, dass das Wasser

---

11   Guter, J., aaO S.89f

hier oben ist. Hätten wir den See in der Nähe unseres Hauses, dann wären alle unsere Sorgen vergessen, wir könnten die Felder bewässern und mein Vater bräuchte sich nicht mehr anstrengen, den Berg hinauf zu klettern." Aus diesen Gedanken formte sie ein Lied, das sie vor sich hin summte. Da flog eine Wildgans an ihr vorüber, die hörte den Gesang und sprach zu dem Mädchen: „Es gibt einen goldenen Schlüssel, der diesen See öffnen und seine Wasser ins Tal fließen lassen könnte. Dieser Schlüssel gehört jedoch dem Drachenkönig des Südens, und er wird schwer bewacht. Die einzige Möglichkeit, an ihn heranzukommen, ist mit Hilfe der dritten Tochter des Drachenkönigs. Vielleicht kannst du dich mit ihr anfreunden, denn die Prinzessin liebt nichts mehr als schöne Gesänge."

Nun wusste das Mädchen jedoch nicht, wie sie die Prinzessin finden könnte. Es machte sich aber auf den Weg nach Süden, fragte unterwegs immer nach und sang vor sich hin. Eines Tages traf es eine seltsame junge Frau, die von ihrem Gesang ganz begeistert war. Die beiden freundeten sich an, und nicht lange, so stellte sich heraus, dass die Fremde die dritte Tochter des Drachenkönigs war. Sie hatte sich heimlich aus dem Palast geschlichen, um im Land neue Lieder zu lernen. Nun erzählte das Bauernmädchen von seinem Kummer, und die Prinzessin versprach ihr zu helfen. Beide machten sich auf zum Palast im Meer und sangen in lieblichsten Tönen vor dem Tor. Der Gesang lockte die Wachen herbei, und in einem günstigen Augenblick konnte das Mädchen in den Palast schlüpfen. Es fand auch die Schatzkammer und unter all den Edelsteinen in einer kleinen hölzernen Schachtel den goldenen Schlüssel.

Zusammen machten sich nun die Sängerinnen zurück auf den Weg zum Bergsee. Dort half ihnen der Schlüssel den Damm des Bergsees zu öffnen, und das Wasser strömte ins Tal. Sobald die Fluten zu heftig wurden, errichtete die Prinzessin Dämme aus Stroh, von denen man sagt, dass sie heute noch existieren, denn sie verwandelten sich im Laufe der Jahre in Stein.

Der Drachenkönig des Südens war außer sich vor Zorn, als er hörte, was geschehen war. Er verbannte seine Tochter aus dem Palast. Sie aber war nicht traurig, denn sie lebte fortan zusammen mit ihrer Freundin und beide wurden berühmte Sängerinnen. Noch heute gedenken die Frauen ihrer in der Gegend des Pferdeohr-Berges in Yunnan. In der dritten Woche des 7. Monats veranstalten sie jedes Jahr ein fröhliches Sangesfest. [12]

Der Gelbe Drache wird auch Himmels- oder Sonnendrache genannt, und er ist der mächtigste aller Drachen. Er beeinflusst die Geschicke des Kaiserreichs und hat als einziger Drache fünf Klauen. Der Gelbe Kaiser Huang Ti wurde als eine menschliche Verkörperung des Gelben Drachen angesehen. Der Gelbe Drache ist der **Sommerdrache.**

Eine Drachengeschichte, die seit dem 5. Jahrhundert in verschiedenen Variationen erzählt wird, belegt die Verbindung zwischen dem Gelben Drachen und dem Wettergeschehen. Im Drachenbuch von D. und G. Bandini ist sie folgendermaßen aufgeschrieben:

---

12   Suckling, N. & Anderson, W.: Legends & Lore: Year of the Dragon, S.60f

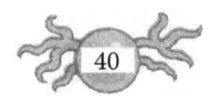

Von Sturmdrachen und Regenwolken

Es ist lange her, da saß Wu, der Sohn eines Bauern, am Gartentor und überschaute die weite Ebene, die von einem Fluss durchschnitten wurde. Wu, ein stiller Junge, gab sich seinen Gedanken hin, als er plötzlich einen Reiter und vier Begleiter direkt auf sich zukommen sah. Bei ihm angelangt, zügelte der ganz in Gelb gekleidete Reiter sein Pferd, grüßte Wu und bat darum, in seinem Haus ein wenig rasten zu dürfen.

Wu verneigte sich, und sein Vater bewirtete die Gäste mit allem, was das Haus zu bieten hatte. Als sich die Fremden verabschiedeten, bemerkte Wu, wie der eine von ihnen, als er das Gartentor passierte, seinen Sonnenschirm nach unten hielt. Der Reiter aber dankte ihm und sagte: „Morgen werde ich wiederkommen."

Als alle in Richtung Westen in der Ferne verschwunden waren, bemerkte Wu leise zu seinem Vater, die Gäste hätten ungesäumte Gewänder getragen, sie hätten den Boden beim Gehen nicht berührt, und das weiße Pferd des Reiters habe Schuppen statt Haare gehabt und Flecken von fünferlei Farbe. Und er fügte hinzu: „Ich habe ihnen nachgeschaut. Am Horizont tauchten dicke Regenwolken auf, und als sie in deren Nähe gekommen waren, erhoben sie sich in die Lüfte und verschwanden in ihnen."

Der Vater war bei diesen Worten sehr alarmiert und stürzte ins Haus, um die betagte Großmutter nach der Bedeutung dieser Beobachtungen zu fragen. Die alte Frau zögerte nicht mit der Antwort. Das Pferd sei ein Drachenpferd, der gelbe Reiter

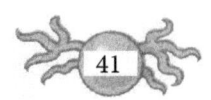

kein anderer als der Gelbe Drache. „Es wird ein großer Sturm kommen. Möge uns kein Übel befallen!" Als sie hörte, dass der eine Begleiter den Schirm nach unten gehalten hatte, war sie beruhigt. Sie wusste, das war ein gutes Zeichen.

Wie die Großmutter prophezeit hatte, so geschah es. Am nächsten Morgen brach ein Sturm los, wie die Bauern noch nie einen erlebt hatten. Es donnerte unentwegt, und der Regen prasselte mit solcher Wucht hernieder, dass in wenigen Stunden der Fluss über die Ufer trat, das Land überschwemmte und Vieh und Häuser mit sich riss. Wus Vater schaute besorgt aus dem Fenster und bereute, nicht wie seine Nachbarn in die Berge geflohen zu sein. Wu aber schaute zum Himmel auf und sagte ruhig: „Ich habe gerade den Drachen über uns gesehen. Er beschützt uns. Sieh nur, kein Tropfen fällt auf unser Haus." Der Vater sah, dass sein Sohn die Wahrheit sprach, und schwieg vor diesem Wunder.

Am anderen Tag, als sich die Fluten ein wenig verlaufen hatten, erschien wiederum der gelbe Reiter bei ihnen. Er händigte Wu eine der Schuppen seines Pferdes aus und sprach zum Abschied: „Bewahre sie gut auf, ich werde mich an dich erinnern." Als die Großmutter von diesem Geschenk erfuhr, war sie hocherfreut. „Nun wird der Kaiser nach dir schicken", verkündete sie, „und alles wird gut sein."

Und wieder hatte sie recht. Die Dörfler, die in die Berge geflohen waren, hatten gesehen, wie das Haus von Wu und seiner Familie vom Wasser und der Flut verschont geblieben war, und die Berichte über dieses Wunder gelangten schließlich auch

zu Ohren des Kaisers. Er ließ Wu rufen und sich die Schuppe des Drachenpferdes zeigen. Und da Wu damit die Zukunft vorhersagen, Siege garantieren und jede Art von Krankheiten heilen konnte, behielt der Kaiser den Jungen an seinem Hof, und Wu gelangte dann als Prophet und Magier zu Ruhm und Ehren. Den Drachen aber, der all dies bewirkt hatte, sah er nie wieder. [13]

Der **Rote Drache** kommt als feuerspeiender Blitzdrache daher. Mit ihm muss man sich gut stellen und großzügige Opfer darbringen. In der folgenden Geschichte ist der wilde Bruder des Drachenkönigs vom Dongting-See ein Roter Drache, der furchterregend ist und unglaubliches Unheil anrichten kann.

Die Tochter des Drachenkönigs

Liu Yi war während der Yi-Feng-Periode (676-678) ein junger Gelehrter, der bei den kaiserlichen Prüfungen durchfiel. Auf dem Heimweg von der Hauptstadt beschloss er unterwegs einen Kameraden zu besuchen, der in Dshinyang wohnte. Er war etwa zwei Meilen geritten, als ein Vogel, der plötzlich vom Boden aufflog, sein Pferd zum Scheuen brachte. Wild galoppierte es in eine andere Richtung. Als Liu Yi den Gaul endlich aufhalten konnte, sah er eine Schafhirtin am Wege stehen. Sie war von wundervoller Schönheit, aber ihre feingewölbten Brauen waren gefurcht und ihre Kleider armselig und verstaubt. Inständig lauschend stand sie da, als erwarte sie jemanden. „Kann ich

---

13   Bandini, G. & D.: Das Drachenbuch, S.58ff

Ihnen helfen?", fragte Herr Liu. Die Schäferin lächelte dankbar, brach aber gleich in Tränen aus. „Ich bin die jüngste Tochter des Drachenkönigs vom Tungting-See", sprach sie. „Meine Eltern vermählten mich mit dem zweiten Sohn des Drachenkönigs vom Dschin-Fluss. Aber mein Gemahl wurde von falschen Freunden verleitet und jagte wilden Genüssen nach. Von Tag zu Tag behandelte er mich schlechter. Ich beklagte mich bei seinen Eltern, aber sie liebten ihren Sohn so blind, dass sie ihm recht gaben. Als ich mich wieder und wieder beschwerte, waren sie beleidigt und verbannten mich hier an diesen Ort. Meine Heimat ist weit weg, und ich kann meiner Familie keine Botschaft schicken." Schluchzend fuhr sie fort: „Mein Herz will brechen, meine Augen sind müde vom Ausschau halten, und ich habe niemanden, dem ich meinen Kummer klagen kann." Liu Yi wurde von Mitleid ergriffen und sprach: „Ich werde alles tun, um Ihnen behilflich zu sein." Erleichtert antwortete die junge Frau: „Sie können mir helfen. Wenn Sie nach Süden reiten, möchte ich Sie bitten, diesen Brief meinem Vater zu bringen. Am nördlichen Ende des Tungting Sees werden Sie einen großen Orangenbaum finden, der von den Einheimischen „Beschützer der Erde" genannt wird. Nun gebe ich Ihnen meinen Gürtel zu tragen. Sobald Sie am Orangenbaum angelangt sind, müssen Sie den Gürtel ablegen und dreimal an den Stamm klopfen. Jemand wird erscheinen und Sie führen."

Liu Yi versprach alles genauso zu tun. Er verwahrte den Brief, doch bevor er sich auf den Weg machte, fragte er noch: „Warum hüten Sie diese Schafe? Ernähren die Götter und Göttinnen sich auch von Fleisch?" „Das sind keine Schafe", erklärte die junge Frau. „Das sind Regengeister. Hier die Wolken, dazwischen Blitz und Donner!"

Liu Yi schaute sich die vermeintlichen Schafe genauer an und bemerkte ihre stolze Haltung. Sie rupften das Gras auf besondere Weise. Im Übrigen waren sie nicht größer als gewöhnliche Schafe und hatten die gleiche Wolle und die gleichen Hörner. Nun nahmen sie Abschied, und er trieb sein Pferd an. Nach wenigen Schritten blickte er zurück, aber die schöne Schäferin und ihre Herde waren verschwunden.

Liu Yis Reise währte lange, aber nach einigen Monaten kam er zu dem kleinen Dorf am See. Er fand den Orangenbaum am südlichen Ufer, wechselte seinen Gürtel und klopfte dreimal an den Stamm. Da rauschte die Flut und ein schimmernder Krieger stieg hervor und fragte, sich dreimal verbeugend: „Was begehrt der hochgeschätzte Herr?" Ohne große Erklärung entgegnete Liu Yi: „Bitte führen Sie mich zu Ihrem König!"

Der Krieger schlug aufs Wasser, worauf sich die Wogen teilten und einen Weg freigaben, dem beide folgten. Der junge Gelehrte konnte seinen Augen kaum trauen. Er erblickte einen prächtigen Palast mit unzähligen Pagoden, Pavillons, Toren und Torbogen, umgeben von außerordentlich schönen Bäumen, Büschen und Blumen. In der Halle sah sich Liu Yi von erlesenen Kostbarkeiten umgeben. Die Pfeiler waren aus weißer Jade und standen auf Postamenten aus Jaspis. Die Sitze waren aus Korallen und die Vorhänge aus Kristall. Smaragdene Wandverzierungen waren in geschliffenes Glas gefasst und regenbogenfarbige Balken mit Bernstein eingelegt. Man gewann den Eindruck von

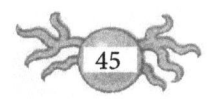

seltsamer Schönheit und undurchdringlicher Tiefe, an den keine Beschreibung heranreichte.

In diesem Augenblick flogen die Türen auf und der Palast erbebte in seinen Grundfesten. Ein Mann in scharlachrotem, langem Mantel betrat den Raum und sprach: „Mein Reich liegt fernab vom menschlichen Treiben und ist den Erdenbürgern nur schwer zugänglich. Was also verschafft mir die Ehre deines Besuches?" Liu Yi erzählte seine Geschichte und überreichte den Brief der Prinzessin. Als der König den Brief zu Ende gelesen hatte, verhüllte er sein Gesicht und weinte bitterlich. Dann überreichte er das Schreiben einer der Wachen, damit dieser es ins Innere des Palastes trug. Bald darauf ertönte aus den Gemächern der Frauen lautes Klagen. Schnell schickte der König eine weitere Wache und gab den Befehl, die Frauen sollten sich leise verhalten. Liu Yi war äußerst verwundert, aber der König erklärte: „Mein jüngerer Bruder darf nichts erfahren. Er ist ein Hitzkopf und wo immer etwas Ungerechtes geschieht, mischt er sich ein und kennt weder Maß noch Ziel. Wer glaubt Ihr hat wohl diese grässliche Überschwemmung unter König Yao verursacht, die volle neun Jahre währte? Kürzlich stritt er mit den himmlischen Engeln und überflutete den Fünfgipfelberg. Um meinetwillen hat der Himmelskönig meinem Bruder verziehen, aber ich muss ihn hüten. Wenn er erfährt, was man seiner Nichte angetan hat, dann..."

Ein gewaltiger Krach unterbrach seine Rede. Der Palast erzitterte. Glühender, sprühender Nebel brach hervor und darin erschien ein tausend Meter langer riesiger karmesinroter Drache.

Eben noch mit einer goldenen Kette an einen Pfeiler aus Jade gekettet, hatte er diesen einfach herausgerissen und schleppte ihn hinter sich her. Seine Augen glichen feurigen Kugeln, seine Zunge war rot wie Blut, seine Mähne wie Feuer und purpurne Schuppen bedeckten seinen Körper. Liu Yi war vor Schrecken zu Boden gefallen, aber der König beruhigte ihn: „Du brauchst keine Angst zu haben! Das sind nur die schlechten Manieren meines Bruders beim Fortgehen, beim Zurückkommen benimmt er sich dann schon feiner. Bleib noch ein wenig, ich bitte darum!" Er ließ köstliche Speisen und Getränke servieren und sie besiegelten ihre Freundschaft.

Nun wehte ein sanfter Wind, der schimmernde Wolken herbeitrug und mit ihnen lachend und plaudernd lichtgekleidete Mädchen, die eine junge Schönheit umgaben. Liu Yi erkannte in ihr erstaunt die traurige Schäferin. Doch sie entschwand sofort in den Gemächern der Frauen, aus denen fröhliche Stimmen erklangen. Da erschien ein junger in Purpur gekleideter Mann, den der König als seinen Bruder vorstellte und von dem er Bericht verlangte.

Der Prinz erzählte: „Eine Stunde brauchte ich, um den Dschin-Fluß zu erreichen, eine, um zu kämpfen, und eine, um heimzukehren. Auf dem Heimweg flog ich zum Himmel empor und erstattete dem Himmelskönig Bericht. Er kannte das Unrecht, das meiner Nichte widerfahren war, und darum verzieh er mir meinen Überfall auf den Dschin-Fluß und auch meine frühere Schuld."

„Wie viele hast du getötet?", fragte der König. „Sechshunderttausend."

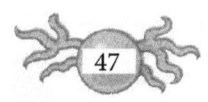

„Hast du Felder zerstört?" „Im Umkreis von dreihundert Meilen."

„Was geschah mit meinem unwürdigen Schwiegersohn?" „Ich habe ihn aufgefressen!" Der Drachenkönig schien beunruhigt. Er sprach: „Dieser Schurke hat freilich eine Strafe verdient, aber du bist wieder zu weit gegangen. Ein Glück für uns, dass der himmlische König allwissend ist und bereits das große Unrecht kannte, das unserer Tochter angetan wurde. Dennoch musst du dich in Zukunft etwas mehr beherrschen! Doch nun wollen wir feiern!"

Und so spielten die Musikanten auf und sie aßen und tranken zusammen und verstanden sich prächtig. Überglücklich sprach der Drachenkönig: „Junger Freund, du hast meine Tochter von ihren Leiden erlöst. Ihr Gatte lebt nicht mehr und ich biete dir ihre Hand zur Ehe an."

Liu Yi wagte jedoch nicht, dieses schmeichelhafte Angebot anzunehmen, da es den Anschein hatte, dass die Drachen gerade den Ehemann der Prinzessin getötet hatten. So bat er am nächsten Tag um Erlaubnis, sich verabschieden zu dürfen, und verließ, beladen mit kostbaren Geschenken, den See.

Nun war Liu Yi ein reicher Mann geworden, doch er fühlte sich einsam. Oft dachte er an die hübsche Prinzessin zurück, doch er wusste, dass es nicht möglich war, die Grenze zwischen der Welt der Menschen und der Welt der Drachen zu überschreiten. So heiratete er eine Frau namens Chang, die aber bald verstarb, und auch seine zweite Frau namens Han wurde von einer schweren Krankheit heimgesucht und verließ ihn ebenfalls nach kurzer Zeit.

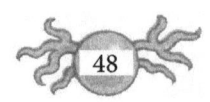

Schließlich hörte Liu Yi von einem Mädchen in der Nachbarschaft; sie stammte aus der Familie Lu, die erst kürzlich in diese Gegend gezogen war. Niemand wusste etwas Nachteiliges über das Mädchen zu sagen, und Liu Yi beschloss sie zur Gemahlin zu nehmen. Sie feierten eine stille Hochzeit, und nach einem Jahr schenkte ihm seine Frau einen Sohn. Als Liu Yi in die Augen seines Sohnes blickte, schien es ihm, als blitzten in ihnen lustige Drachenfünkchen auf und auch seine Frau schien ihm plötzlich wohlbekannt aus vergangener Zeit. Er wusste nicht, wie ihm geschah, und seufzte auf. Seine Frau fragte, was ihm fehle, und da setzte er sich nieder und erzählte ihr die Geschichte von der traurigen Prinzessin und dass er das Mädchen immer noch nicht vergessen habe.

„Ich bin die Drachenprinzessin", sagte da seine Frau. „Ich war damals so unglücklich, weil du mich nicht heiraten wolltest. So beschloss ich, dir auf die Erde nachzufolgen. Ich wusste, dass du mich liebgewinnen würdest, sobald ich dir einen Sohn geschenkt habe. Euch Menschen ist ein Leben, kurz wie ein Atemzug, gegeben, wir Drachen aber leben Zehntausende Jahre lang. Ich kann ohne dich nicht mehr sein, und darum verleihe ich dir die Eigenschaft, genauso lange zu leben wie ich selbst, und die Fähigkeit, dich gleicherweise im Wasser und auf dem Lande zu bewegen."

Liu Yi war unsagbar glücklich. Und so lebten sie miteinander abwechselnd unter den Menschen und unter den Drachen. [14]

---

14   Myths and Legends of China, S.219f

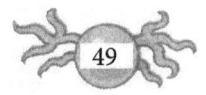

Der **Schwarze Drache** ist der **Winterdrache**; er hat seine Heimat im Norden und ist verantwortlich für Unwetter, Wolkenbrüche und Überschwemmungen. Eine Begegnung mit einem Schwarzen Drachen soll sich zu Zeiten von Kaiser Qianlong (1736-1795) zugetragen haben.

Existieren nun Drachen oder nicht?

Diese Frage soll sich auch eines Tages Kaiser Qianlong gestellt haben, und er beschloss, der Sache nachzugehen. In jenen Zeiten gab es westlich von Peking einen kleinen See, genannt „Schwarzer Drachen See" (Hei Longtang), an dem die Kaiserinnen seit ewigen Zeiten dem Drachen Opfer darbrachten. Der Kaiser begab sich nun eines Tages mit seinem Gefolge zu eben diesem See, verbrannte Weihrauch und warf Opfergaben in das Wasser, wobei er immer wieder den Drachen aufforderte, sich zu zeigen. Aber das einzige, was zwischen den Wasserlilien zum Vorschein kam, war eine kleine Eidechse. Der Kaiser lachte laut, als er das Tierchen sah, und rief: „Das ist also der mächtige Drachen, dem ihr so zahlreiche Opfer bringt. Der hat ja Glück, wenn er nicht von einem Karpfen gefressen wird!"

Da hob die Eidechse einen kleinen Fuß aus dem Wasser, und dieser Fuß wuchs plötzlich und wuchs, bis er wie ein Tuch am See hing, und er wurde größer und größer, bis er den ganzen Himmel bedeckte und seine Klauen die Berge zu zertrümmern schienen. Da fiel der Kaiser auf die Knie und bat den Drachen, wieder seine ursprüngliche Gestalt anzunehmen. Wegen dieser

demütigen Geste gab das Tier nach und verwandelte sich langsam zurück in eine Eidechse, die im See verschwand. [15]

Im Westen residiert der **Weiße Drache.** Er ist der **Herbstdrache.** Von Weißen und Schwarzen Drachen erzählt eine Legende, die ebenfalls in der Nähe der Stadt Beijing angesiedelt ist.

Der Kampf zwischen dem Weißen und dem Schwarzen Drachen

Gao Liang war es gelungen, den Drachenkönig und seine Familie einzuholen. Er verletzte dabei die Drachentochter mit seinem Speer, aber die Drachenmutter schnappte das Mädchen und floh mit ihr zum Schwarzen Drachensee, nördlich des Berges Yuquan. Bald war die Wunde der Tochter verheilt und alles schien gut. Doch eines Tages verließ das Mädchen das Wasser und pflückte Wildblumen am Ufer. Da erschien ein weiß gekleideter junger Mann mit einem runden drachenartigen Hut und sprach: „Kleines Mädchen, kennst du mich?" „Ja," antwortete sie, „du bist der Weiße Drache!" Da lachte dieser: „Gut, dass du mich kennst. Wisse, dieser See hier wurde mir vom Kaiser zugesprochen und gehört deshalb mir. Ihr könnt hier nicht leben, es sei denn, deine Mutter gibt dich mir zur Frau. Ich lasse ihr drei Tage Zeit, falls sie nicht zustimmt, werde ich mit ihr kämpfen!"

Die Drachenmutter war erzürnt, und so bereitete sich jede Partei auf einen Kampf vor. Der Weiße Drache begab sich ins

---

15   Suckling, N. & Anderson, W.,aaO

Dorf und sprach: „Ich bin der Drachenkönig und in drei Tagen werde ich mit einem wilden Drachen vom Schwarzer Drachensee kämpfen. Ihr werdet eine weiße und eine schwarze Wassersäule in den Himmel aufsteigen sehen. Die weiße Säule, das bin ich. Wenn sie droht zusammenzufallen, dann müsst ihr sofort viele Brötchen ins Wasser werfen, damit ich neue Kraft sammle. Wenn ich gewinne, werde ich für gutes Wetter sorgen. Sollte ich aber verlieren, dann wird euer ganzes Dorf überflutet!"*

Die Drachenmutter hingegen rief alle Fische zusammen und erzählte ihnen von dem bevorstehenden Kampf. Sie sagte: „Ich brauche Stärkung, und deshalb werde ich euch alle verschlingen. Wenn ich gewinne, habt ihr euer Leben wieder. Sollte ich verlieren, so wird meine Tochter dafür sorgen!" Schnell öffnete sie ihren Schlund und verschlang alle Fische.

Am dritten Tag ertönte ein lauter Donner und gleichzeitig erhoben sich eine weiße und eine schwarze Wassersäule gen Himmel. In der Höhe umfassten sie sich. Drei Tage dauerte das Schauspiel. Von Zeit zu Zeit sank die weiße Säule in sich zusammen, aber sobald sie genug Brötchen aufgenommen hatte, stand sie wieder gerade und stark. Die schwarze Säule dagegen wackelte nie. Der Kampf dauerte drei Tage, dann lösten sich die Wassersäulen zur gleichen Zeit voneinander und sanken mit einem lauten Krach zu Boden. Zwei tote Drachen lagen am Fuß des Berges. Die Drachentochter trauerte um ihre Mutter, erinnerte sich aber zugleich an das Versprechen. Sofort warf sie sich mit aller Kraft gegen einen Fels im See und ihr Körper zersprang in unzählige kleine Stücke, die sich in winzige Fische

verwandelten. Im Sonnenschein leuchteten deren Schuppen in allen Regenbogenfarben, und die Menschen am See glaubten, sie spiegelten die Stickereien auf dem Kleid der Drachentochter. [16]

Kein Drache wurde mehr in dieser Gegend gesehen, aber die Gewässer nennt man heute noch Weißer und Schwarzer Drachensee.

2. Drache und Perle

In bildlichen Darstellungen sieht man den chinesischen Drachen häufig mit einer Perle, mal klemmt sie unter seinem Kinn, mal spielt er mit ihr. Eine Legende aus Mittelchina erzählt von der Entstehung einer Drachenperle. Hierbei sind Drache und Phönix die Hauptakteure; sie werden in China oft als Paar dargestellt. Beide gelten als glücksverheißende Tiere, und obwohl es sowohl männliche und weibliche Drachen als auch Phönixe beiderlei Geschlechts gibt, entwickelten sich im Laufe der Jahrhunderte der Drache zum männlichen Glückssymbol und der Phönix zum weiblichen. Seit der Han-Dynastie (206 v. Chr. - 220 n. Chr.) benutzten die Kaiser Drachen als ihr Statussymbol und Emblem kaiserlicher Macht. Der kaiserliche Drache war meist gelb und hatte fünf Krallen. Dieser fünfklauige Drache durfte nur die Gewänder des Kaisers schmücken. Niedrigere Ränge mussten sich mit vierklauigen und dreiklauigen Drachenstickereien auf ihren Roben begnügen. Untertanen, die es wagten, einen fünfklauigen Drachen zu tragen, wurden mit dem Tode bestraft.

---

16 Sights with Stories in Old Beijing, S. 158f

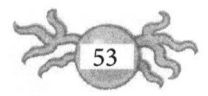

Der Phönix ist für die Chinesen der Kaiser aller Vögel, weil er übernatürliche Kräfte hat und die anderen Vögel des Himmels ihm zu Ehren seinem Flug folgen. Auf bildlichen Darstellungen erscheint er als eine Komposition aus verschiedenen Vogelarten, besonders auffällig sind Merkmale von Fasan und Pfau. Der Phönix trägt eine Krone, seine Augen sind lang und schmal, der Schwanz besteht aus geschwungenen feurig bunten Federn. Sie leuchten in den fünf heiligen Farben Rot, Blau, Gelb, Weiß und Schwarz.

Die Bewegungen des Phönix sind anmutig und sein Gesang ist wohlklingend. Wie auch das chinesische Einhorn und der Drache erschien der sagenhafte Vogel nur in Zeiten des Friedens und des Wohlstands, in der Regel dann, wenn ein neuer, gütiger Kaiser den Drachenthron bestieg. Seit der Tang-Dynastie trug die Kaiserin einen Phönix in ihrem Haarputz und ihre Gewänder waren mit Phönixmotiven bestickt. Ihre Sänfte bezeichnete man als Phönix-Kutsche.

Phönix und Drache sind bis zum heutigen Tag kraftvolle Symbole mit hoher Wertschätzung. Ihre Nebeneinanderstellung versinnbildlicht die Verbindung zweier unterschiedlicher guter und schöner Dinge, die sich perfekt ergänzen. Zusammen verkörpern sie Glück und Harmonie. Ein „Drachen-Phönix Papier" ist die symbolische Bezeichnung für einen Verlobungsvertrag. Und wie die folgende Legende zeigt, können beide zusammen Wunderbares schaffen.

Die strahlende Perle

Vor langer, langer Zeit lebte einmal ein schneeweißer Jade-Drache in einer Felsenhöhle am östlichen Ufer des Himmelsflusses. Jenseits des Flusses lebte in einem tiefen Wald ein wunderschöner Goldener Phönix. Wenn sie morgens ihre Behausungen verließen, trafen die beiden einander meist an der gleichen Stelle, bevor sie in verschiedene Richtungen auseinander gingen. Der Phönix flog dann auf zu den Wolken, der Jade-Drachen schwamm im kühlen Himmelsfluss und erfrischte sich im Wasser.

Eines Tages aber brachen die beiden gemeinsam auf und kamen zu einer Feeninsel. Dort fanden sie einen leuchtenden Kieselstein und waren von seiner Schönheit hingerissen. „Schau nur, wie wunderbar dieser Kieselstein leuchtet!", sagte der Goldene Phönix zu dem Jade-Drachen. „Wir können ihn zu einer Perle schleifen", bemerkte darauf der Jade-Drache. Der Goldene Phönix war sofort einverstanden, und beide gingen sie gleich an die Arbeit.

Der Jade-Drache gebrauchte bei der Schleiferei seine Klauen und der Goldenen Phönix seinen Schnabel. Sie schnitzten und schliffen an dem Kieselstein Tag für Tag, Woche für Woche und Monat für Monat. Schließlich hatten sie ihn zu einer wunderhübschen kleinen Kugel geschliffen. Erfreut flog der Goldene Phönix zu dem heiligen Berg inmitten des Landes und holte frische Tautropfen herbei, der Jade-Drache dagegen nahm aus dem Himmelsfluss ein großes Maul voll klarsten Wassers und kam damit angeflogen.

Mit funkelndem Tau und reinem Wasser begossen die beiden nun die kleine Kugel. Und ganz langsam verwandelte sich der rundgeschliffene Kieselstein in eine strahlende Perle. Bei dieser Arbeit lernten die beiden einander näher kennen und schätzen – und beide liebten sie gemeinsam nun ihre Perle.

Keiner von ihnen wollte die Insel wieder verlassen; der Phönix wollte nicht mehr zurück in seinen Wald und der Drache nicht mehr in seine Höhle. Und so blieben sie beide auf der Insel und bewachten ihre Perle. Wo immer ihre Strahlen erglänzten, wandte sich alles zum Besten. Die Bäume grünten das ganze Jahr hindurch, die Blumen blühten zu allen vier Jahreszeiten, Reis und Getreide wuchsen auf den Feldern viel besser als zuvor.

Eines Tages verließ die Königinmutter des Himmels ihren Palast und wurde von den hellen Strahlen dieser Perle geradezu geblendet. Überwältigt von diesem Anblick war sie nun begierig, diese prächtige Perle sofort in ihren Besitz zu bekommen.

Mitten in der Nacht sandte sie ihren Wächter aus, der die Perle heimlich entwenden sollte, sobald der Jade-Drache und der Goldene Phönix eingeschlafen waren. Als der Wächter tatsächlich mit der Perle zurückkam, war die Königinmutter über alle Maßen erfreut. Sie verbarg die Perle sofort im innersten Raum ihres Palastes, zu dem man erst gelangte, wenn man neun Türen durchschritten hatte. Der Diebstahl sollte nicht ruchbar werden, keiner sollte daher die Perle mehr zu Gesicht bekommen.

Als der Jade-Drache und der Goldene Phönix am Morgen erwachten, entdeckten sie, dass die Perle verschwunden war. Aufgeregt und zutiefst besorgt begannen sie mit der Suche und

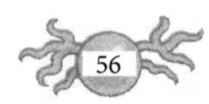

liefen zuerst kopflos hierhin und dorthin. Schließlich fasste sich der Jade-Drache und suchte ganz genau den Himmelsfluss ab; er schaute mit scharfem Auge in jede Krümmung und Biegung am Ufer und am Grund. Der Goldene Phönix dagegen suchte am heiligen Berg jedes Fleckchen ab, aber es war alles vergebens. Dennoch setzten die beiden ihre Suche fort – in der Hoffnung, doch noch ihre geliebte Perle wiederzufinden.

Zum Geburtstag der Königinmutter kamen bald darauf alle Götter und Göttinnen des Himmels in den Palast, um ihre Glückwünsche darzubringen. Die Königinmutter bereitete ein großes Fest vor und erfreute ihre Gäste mit Nektar und himmlischen Pfirsichen, den Früchten der Unsterblichkeit. Götter und Göttinnen sagten zu ihr: „Möge dein Glück endlos sein wie das Östliche Meer und dein Leben so lange währen wie die Südlichen Berge."

Die Königinmutter zeigte sich hocherfreut, und in dieser Freude vergaß sie sich und rief: „Meine unsterblichen Freunde, zur Feier dieses Tages will ich euch etwas zeigen, was weder im Himmel noch auf Erden bisher zu sehen war, nämlich eine kostbare leuchtende Perle!" Und sie löste neun Schlüssel von ihrem Gürtel, holte die Perle aus ihrem Versteck und brachte sie auf einem goldenen Tablett in die große Halle zu ihren Gästen. Diese standen wie angewurzelt, denn das Leuchten der Perle war so stark, dass alle völlig gebannt waren.

In der Zwischenzeit hatten der Jade-Drachen und der Goldene Phönix ihre Suche ergebnislos fortgesetzt. Da sah plötzlich der Goldene Phönix in der Ferne ein wundersames

Leuchten. „Schau schnell!", rief er dem Jade-Drachen zu, „Sind dies nicht die Strahlen unserer Perle?" Der Jade-Drachen reckte sein Haupt aus den Fluten des Himmelsflusses und rief: „Ja, sie sind es, da ist kein Zweifel möglich. Wir müssen sofort aufbrechen!"

Sie flogen dem strahlenden Leuchten entgegen und kamen zum Palast der Königinmutter. Als sie aus der Luft hernieder brausten, sahen sie die Unsterblichen um die Perle versammelt, hörten ihre entzückten Ausrufe und bemerkten, wie alle ihr Leuchten bewunderten. Ohne viel Aufhebens bahnten sie sich einen Weg durch die Menge und riefen: „Das ist unsere Perle!" Die Königinmutter fuhr erregt auf: „Unsinn, ich bin die Mutter des Himmelskönigs, und alle Schätze gehören mir!" Der Jade-Drache und der Goldene Phönix stampften nach diesen Worten zornig auf den Boden und riefen: „Der Himmel hat diese Perle nicht geboren, und auf der Erde ist sie auch nicht gewachsen. Wir beide haben gemeinsam diese Perle geschliffen und poliert und haben mehrere Jahre harte Arbeit damit gehabt!"

Beschämt und verärgert zog da die Königinmutter das Tablett mit der Perle ganz nahe an sich heran und befahl den Wachen, den Jade-Drachen und den Goldenen Phönix aus dem Palast zu werfen. Aber die beiden gaben sich nicht geschlagen und stellten sich den Wächtern entgegen, immer darauf bedacht, die Perle an sich zu reißen. Bei dieser Rauferei fiel die Perle von dem Tablett, rollte die himmlische Treppe hinunter und fiel in das Wolkenmeer unter dem Himmelspalast. Der Jade-Drache und der Goldene Phönix jagten sofort hinterher, um die Perle

aufzufangen und zu verhindern, dass sie beim Aufprall auf der Erde zerschellte. Bald holten sie die Perle ein und flogen neben ihr her, um sie zu beschützen. Als sie schließlich auf der Erde ankam und den Boden berührte, verwandelte sie sich sogleich in einen klaren, grünen See. Der Jade-Drache und der Goldene Phönix brachten es nicht übers Herz, von diesem herrlichen See Abschied zu nehmen. Sie beschlossen, dazubleiben und sich in zwei Berge zu verwandeln, damit sie immer bei ihrer geliebten Perle bleiben konnten, die nun ein See geworden war.

Seitdem stehen der Jade-Drachen-Berg und der Goldene-Phönix-Berg an den Seiten des Westsees in der Nähe der Stadt Hangzhou. Und seither singen die Leute in einem Lied: „Die strahlende Perle fiel vom Himmel, der fliegende Drache und der tanzende Phönix landeten am Ufer!" [17]

Zuweilen stehen sich auch zwei Drachen gegenüber, die sich um eine Perle, meist eine flammende, zu streiten scheinen. Es sind die Symbole des ewigen Dualismus, der Yin und Yang-Kräfte. Im Taoismus wurde diese Flammenperle zur Perle der Vollkommenheit, zur Perle, die alle Wünsche erfüllt, die übersinnliche Kräfte hat. Diese Perle wird *longzhu* genannt. Die folgende Geschichte erzählt, was geschah, als eine Drachenperle einem Menschen in die Hände fiel.

---

17   Guter, J. aaO., S.91ff

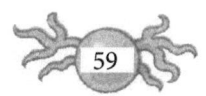

Ein wundersamer Fund

Zu den wichtigsten Schätzen eines Drachen gehörte eine Wunderperle. Sie war so kostbar, dass er sie immer in seiner Nähe im See oder Fluss, dessen Schutzgeist er war, aufbewahrte. Manchmal trug er sie sogar im Mund oder unter dem Kinn. Die Perle hatte große Zauberkraft: Ihr hellleuchtender Glanz verblich niemals, und wohin man sie auch legte, vermehrte sie alle umliegenden Dinge um ein Vielfaches.

Nun geschah es vor vielen hundert Jahren, dass in der Provinz Szechuan am Ufer des Flusses Min eine Mutter mit ihrem Sohn Xiao Sheng lebte. Sie waren arm, und die Mutter war alt, kränklich und fast blind. Deshalb blieb sie die meiste Zeit zu Hause, während ihr vierzehnjähriger Sohn durch Tal und Hügel streifte und Gras schnitt, das er dann als Viehfutter oder Brennstoff verkaufte. Von dem Erlös konnten sie mit Mühe leben.

In einem Sommer herrschte eine furchtbare Trockenheit und das Leben wurde noch schwerer für die beiden. Der Junge wanderte wie immer umher; aber er konnte kaum genug Gras finden, um für seine Mutter und sich selbst etwas zu essen zu kaufen. Hoch oben in den Hügeln, neben einem kleinen Bach, der fast ganz ausgetrocknet war, fand er zu seiner Überraschung ein großes Stück Land mit dem üppigsten Gras, das er je gesehen hatte. Das Gras wuchs hoch und kräftig, besser noch als in guten Jahren, und er mähte schnell die ganze Wiese, lud sich das Gras auf den Rücken und trug es ins Dorf. Wegen der Dürre bekam er für das Gras mehr Geld, als er sonst für die Arbeit eines Tages erhielt.

Am nächsten Tag ging Xiao Sheng wieder an dieselbe Stelle in den Hügeln. Voller Staunen sah er, dass das Gras schon nachgewachsen war, so dicht und üppig wie am Tag zuvor. Er mähte wiederum die ganze Wiese und trug das Gras ins Dorf. Am dritten Tag geschah das gleiche nochmals, und der Junge war glücklich über sein wunderbares Stück Grasland.

Das einzige, was er zu bemängeln hatte, war die große Entfernung zwischen der Wiese und seinem Haus; sein täglicher Weg dorthin war lang und beschwerlich. Xiao Sheng fragte sich, ob das zauberkräftige Gras nicht genauso gut neben seinem Haus wachsen würde. Das musste er herausfinden! So machte er am nächsten Tag den Weg in die Hügel ein paar Mal und schleppte die Erde mit den Graswurzeln zu seinem Haus. Als er schon den größten Teil heimgebracht hatte, fand er beim Ausgraben der Wurzeln eine große leuchtende Perle, die rosa schimmerte. Er nahm diesen Schatz mit nach Hause und zeigte ihn seiner Mutter. Zusammen bewunderten sie die Schönheit und Leuchtkraft der Perle und beschlossen, sie eine Weile bei sich zu Hause zu behalten, bevor sie sie in der Nachbarschaft verkauften. Sie waren überzeugt, dass sie sehr viel Geld dafür bekommen würden.

Die alte Frau legte die Perle in ein Glas, in dem sie Reis aufbewahrte. Wie gewöhnlich war nicht viel Reis in dem Glas, gerade genug für die nächste Mahlzeit. Ihr Sohn fuhr fort, die Erde mit den Graswurzeln neben dem Haus einzupflanzen, und er dachte nicht mehr an die Perle. Müde von der harten Arbeit legte er sich dann schlafen. Am nächsten Morgen sprang er aus dem Bett, um zu sehen, wie hoch das Gras gewachsen war. Aber

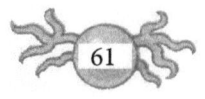

es war überhaupt nicht angewachsen, sondern verwelkt. Der Junge weinte voller Verzweiflung und schalt sich, weil er alles Gras aus den Hügeln umgepflanzt hatte. Wo sollte er nun wohl Gras finden?

Plötzlich erinnerte er sich an die Perle und fragte sich, ob diese wohl etwas damit zu tun habe. Er ging ins Haus zurück, geradewegs zu dem Reisglas, in das seine Mutter die Perle gelegt hatte. Zu seinem Erstaunen fand er, dass das Gefäß bis zum Rand mit Reis gefüllt war. Die Perle war noch da und leuchtete oben auf dem Reis. Er rief seine Mutter, und die beiden freuten sich. Sie wollten die Wirkung der Perle noch einmal ausprobieren, und so leerten sie das Glas und ließen nur eine Handvoll Reis unten auf dem Boden, legten die Perle hinein und verschlossen es. Am nächsten Morgen entdeckten sie zu ihrer Freude, dass das Glas wieder randvoll mit Reis war. Da wussten sie, dass es sich um eine Wunderperle handelte. Sie kamen überein, das Wissen für sich zu behalten und die Perle sinnvoll zu nutzen. An diesem Abend legten sie die Perle in die Schachtel, in der sie ihr Geld aufbewahrten, und am nächsten Morgen war die Schachtel zum Überlaufen mit Münzen gefüllt. Dann probierten sie es mit der Flasche, in der sie das Öl verwahrten, und tags darauf war sie gefüllt mit dem besten Öl. So benutzten sie die Zauberkraft der Perle mit großer Sorgfalt, Mutter und Sohn wurden ziemlich reich, und der Junge brauchte nicht mehr zum Grasschneiden umherzustreifen.

Natürlich bemerkten die Nachbarn diesen Wohlstand, denn Mutter und Sohn brauchten nicht mehr zu betteln und zu borgen. Sie waren jetzt sogar sehr großzügig im Geben und

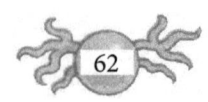

Leihen jenen gegenüber, die vorher freundlich zu ihnen gewesen waren. Zuerst fragten sich die Nachbarn, woher der Wohlstand wohl komme; schließlich entdeckten sie das Geheimnis. Leider gönnten ihnen nicht alle ihre Nachbarn ihr Glück. Einige kamen in ihr Haus und baten oder forderten sogar drohend von der hilflosen alten Frau und ihrem Sohn, ihnen die Perle zu zeigen. Da die beiden einfache Leute waren, wussten sie nicht, wie sie diesen Einschüchterungsversuchen begegnen sollten, und schließlich nahm der Junge die Perle aus ihrem Versteck und zeigte sie ihnen auf seiner flachen Hand. Als die Leute ihn umringten, um einen Blick auf die Perle zu werfen, sah der Junge, dass sie nichts Gutes im Schilde führten. Ohne zu überlegen, steckte er die Perle schnell in den Mund. Einer der Männer ergriff ihn an den Schultern, schüttelte ihn hin und her und schrie ihn an, er solle die Perle ausspucken. Unglücklicherweise hatte dies die umgekehrte Wirkung: der Junge verschluckte die Perle.

Als die Perle in den Magen des Jungen wanderte, fühlte er ein furchtbares Brennen, als ob er einen Feuerball verschluckt hätte. Er wurde von schlimmstem Durst geplagt, griff nach der Teekanne und leerte sie in einem Zug. Dann rannte er zum Wasserkrug und trank ihn leer; doch obwohl er zwanzig bis dreißig Kellen Wasser schluckte, war er immer noch durstig. Er lief zum nächsten Brunnen und holte so viele Eimer Wasser herauf wie er konnte, bis der Brunnen erschöpft war. Immer noch war er durstig, sogar noch durstiger als vorher. Er rannte wie ein besessener zum Fluss hinunter, warf sich auf das Ufer nieder und trank und trank.

Seine Mutter musste verzweifelt mit anschauen, was ihr Sohn tat. Sie bat ihn inständig, mit dem Trinken aufzuhören. Sie und die Nachbarn sahen mit Schrecken, dass er den Fluss leer trank. Dann gab es einen lauten Donnerschlag, ein Wind kam auf, zahllose Blitze zuckten über den Himmel, es begann in Strömen zu regnen. Die Erde bebte, und die Leute fielen vor Angst zu Boden. Der Junge zitterte ebenfalls, und seine Mutter ergriff ihn bei den Beinen, die rasch zu wachsen begannen. Schuppen bildeten sich auf seinem Rücken, Hörner wuchsen auf seinem Kopf, und mit starren Blicken wurde er immer größer. Die Frau musste erleben, dass ihr Sohn sich vor ihren Augen in einen Drachen verwandelte, und sie wusste, dass die Perle das verursacht hatte.

Die unglückliche Frau klammerte sich verzweifelt an die Beine ihres Sohnes, und der Drache versuchte, sie nicht allzu gewaltsam abzuschütteln. Der Regen strömte weiter vom Himmel, und der Fluss füllte sich langsam wieder. Es gelang dem Drachen, seine Mutter sanft am Ufer niederzulassen. Als er in den Fluss stieg, hörte er ihre verzweifelten Rufe hinter sich. Er konnte nicht anders, als sich immer wieder umzudrehen. Und mit den gewaltigen Windungen seines riesenhaften Körpers warf er jedes Mal, wenn er sich bei einem ihrer Klagelaute umdrehte, eine Sandbank mitten im Flussbett auf.

Die Sandbänke sind heute noch vorhanden als Zeugen des letzten Abschieds, den der Drache von seiner Mutter nahm, bevor er für immer im Fluss verschwand. Als Erinnerung

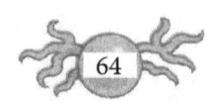

an dieses Ereignis nennen die Bewohner dieser Gegend die Sandbänke noch heute „Blick-auf-die-Mutter-Sandbänke". [18]

Auch in Indonesien gibt es Drachen, die wertvolle Perlen hüten. Einer dieser Drachen lebte auf dem Berg Kinabalu. Der Berg Kinabalu (4095m) ist für die Indigenen von Borneo ein heiliger Ort. Der Legende nach bedeutet der Name Kina-balu „chinesische Witwe", wobei „Kina" eine Variation des Wortes China ist und „balu" auf Malaysisch „Witwe" heißt. Wie es nun zu dieser Namensgebung kam, erzählen sich die Menschen in Sabah noch heute am Lagerfeuer.

Auf dem Berg Kinabalu

Vor vielen, vielen Jahren lebte in einer Höhle des Berges ein Drache, der eine wunderschöne, wertvolle Perle hütete. Eines Tages drang die Kunde von diesem Schmuckstück auch bis an den Hof des chinesischen Kaisers. Natürlich wollte der Sohn des Himmels diese Perle nun unbedingt besitzen, und er schickte viele Männer aus, um dem Drachen die Kostbarkeit abzujagen. Aber alle scheiterten und keiner kehrte lebend zurück. Zuhause trauerten die Witwen.

Aber der Kaiser wollte die Perle unbedingt haben. Schließlich entschloss er sich, zwei seiner Söhne, die beiden geschickten Knaben Ping und San, mit der Aufgabe zu betrauen. Nach einer langen Schiffsfahrt erreichten die Knaben die Insel und warteten

---

18   Sanders T. T. L: Geister und Drachen der Chinesen, S.58f

am Fuße des Berges, bis der Drache seine Höhle verlassen hatte. Dann flogen sie schnell mit einem Papierdrachen nach oben und vertauschten die echte Perle mit einer Fälschung. Nicht lange und der Drache kehrte in seine Behausung zurück. Sofort bemerkte er den Schwindel und nahm die Verfolgung der Diebe auf. Die beiden Knaben befanden sich aber schon auf dem Schiff, und als er angriff, schossen sie mit einer Kanone nach ihm. Da der Drache keine Feuerwaffen kannte, hielt er die Kanonenkugel für seine Perle und versuchte sie zu fangen. Das Geschoss riss ein Loch in seinen Körper, Blut quoll heraus und kurz darauf starb das Ungetüm. [19]

3. Die Söhne des Drachen

Der Drache hat neun Söhne. Die Zahl neun ist die größte einstellige Zahl und symbolisiert die potenzierte männliche Kraft (3x3). Sie wird in der Vorstellung der Chinesen mit Kinderreichtum und mit Glück verbunden. Ein Segensspruch für Neuvermählte lautet: „Der Drache hat neun Söhne, jeder von anderer Art". Das weist darauf hin, dass jedem der neun Söhne eine besondere männliche Kraft beziehungsweise Eigenart zugewiesen wird und dass kein Kind dem anderen gleicht. Die Eigenschaften der Drachensöhne sind folgendermaßen definiert:

Der erste Sohn *Ba Xia* ist dafür verantwortlich, schwere Dinge zu transportieren. Er hat sämtliche wichtigen Plätze Chinas an ihren jetzigen Ort gebracht. Meist wird er in Gestalt einer

---

19   Zirkel, Eberhard

Schildkröte dargestellt. Schildkröten tragen auch die mächtigen Steine mit Inschriften auf ihrem Rücken, die in zweierlei Hinsicht gewichtig sind. *Ba Xia* ist ein guter Schwimmer und sein Bild findet sich oft auf Brückenpfeilern und Torbögen.

Der zweite Sohn *Bixi* ist der klügste unter den Drachenbrüdern. Er kann Gut von Böse unterscheiden und ist daher der Schutzherr der Gerichte und Gefängnisse. Dargestellt wird er oft in Gestalt eines Tigers.

Der dritte Sohn *Suan Mi* liebt Feuer, Hitze und Rauch. Dargestellt wird er zumeist in der Gestalt eines Löwen. Er bewacht die Haupttüren des Palastes. Sein Abbild findet sich oft auf den Beinen von Weihrauchgefäßen oder als Schutz vor Feuer auf den Dächern wichtiger Gebäude.

Der vierte Sohn *Jiao Tou* ist der Charakterstarke, der Verschwiegene, der Verlässliche. Er hat aufgrund dieser Eigenschaften die Stelle des Torwächters am Kaiserpalast inne.

Der fünfte Sohn *Qiu Niu* ist der musikalische unter den Drachenbrüdern. Er liebt Musik über alles und bringt den Menschen die Töne und Instrumente. Üblicherweise wird er mit einem, beziehungsweise auf einem Instrument dargestellt, zum Beispiel auf der zweisaitigen chinesischen Violine, der *Erhu*.

Der sechste Sohn *Pu Lao* liebt den Lärm. Er lebt in der Nähe der tosenden Meere und seine Abbildung findet sich häufig auf Glocken.

Der siebte Sohn *Chao Feng (Haoxian)* ist der furchtlose unter den Brüdern. Er liebt die Gefahr, das Abenteuer und die Herausforderung und ist deshalb häufig der Wächter wichtiger Plätze.

Der achte Sohn *Fu Xi* ist der philosophische Bruder, der die Literatur, das Schreiben und Dichten liebt. Seine Abbildung befindet sich bevorzugt auf Pinseln. Da er auch gern in die Ferne schaut, kann man ihn des Öfteren an Zinnen entdecken.

Der neunte Sohn *Ya Zi* ist der Kämpfer unter den Drachenbrüdern. Er wird meist in stolzer Rüstung und mit Messern, Axt und anderen Waffen dargestellt. Auch auf den Waffen findet sich oft sein Konterfei. [20]

Die Halbinsel Kowloon vor Hongkong Island heißt übersetzt „Neun Drachen" (Mandarin: *chiu-lung)*. Zu Kowloon erzählt man sich folgende Anekdote:

Ein kluger Höfling

Im Jahre 1279 besiegten die Mongolen unter Kublai Khan den letzten Kaiser der Song-Dynastie, Ping Ti. Auf der Flucht gelangte der Kaiser schließlich an die Südküste Chinas, an den Ort, an dem heute die Stadt Hongkong liegt. Dort erblickte er acht Berge, die er für steinerne Drachen hielt. Als Ping Ti seine Begleiter darauf hinwies, bemerkte ein pfiffiger Höfling: „Verzeiht Majestät, es sind neun Drachen, denn Ihr seid ja auch hier!" Und so wurde die Siedlung „Neun Drachen" genannt. [21]

---

20   Zirkel, Eberhard
21   Zirkel, Eberhard

IV: Im Land der Drachen

1. Der Gelbe Fluss und der Yangzi

Zwei große Flüsse bestimmen die Topographie Chinas, der Hoang Ho (Gelber Fluss) und der Yangzi. Sie beeinflussen seit Jahrtausenden das Leben der Menschen im Reich der Mitte. Wen wundert es, dass sich um sie Mythen und Legenden ranken. Aus Tibet stammt eine recht seltsame Geschichte:

Die Legende vom Gelben und vom Langen Fluss

In einem einsam in den Bergen liegenden Hof wohnte vor sehr, sehr langer Zeit ein weißhaariges altes Ehepaar. Die beiden, deren Äußeres einer Meeresmuschel glich, waren auf nichts und niemanden angewiesen, dafür jedoch völlig vereinsamt. Eines Tages sprach das Väterchen zu seiner Frau: „Ich weiß nicht zu sagen, warum, aber in meinem Herzen hat mich eine große Schwermut erfasst. Und diese Traurigkeit in meinem Herzen ist von solcher Gewalt, dass ich das Gefühl habe, ich müsste dich verlassen und auf eine große Reise gehen, von der ich nicht wieder zurückkehren werde." „Wenn du nun einmal in die Ferne ziehen willst, so habe ich ja wohl kaum die Möglichkeit, dich davon abzuhalten!", antwortete ihm seine Frau resigniert. „Wenn dir etwas auf dem Herzen liegt, so musst du es frei heraus sagen, um zu vermeiden, dass dich hinterher die späte Reue plagt."

"Du und ich, wir sind von Jugend an bis ins hohe Alter zusammengeblieben, haben füreinander gelebt, waren aufeinander angewiesen, ja wir haben das ganze Leben in Liebe harmonisch miteinander verbracht. Ist da nicht ein Grund zur Schwermut, dass uns nicht ein Sohn oder eine Tochter vergönnt war? Ach, das muss doch einmal ausgesprochen werden können, dass mir das großen Kummer bereitet." Und wie der alte Mann sprach, war er so schmerzlich berührt, dass ihm Tränen aus den Augen quollen, auf die Brust tropften und von dort weiter zu Boden fielen.

Als das alte Mütterchen die Worte ihres Mannes hörte, öffnete sie ihren zahnlosen Mund und sagte heiter: "Was gibt es da für einen Grund, traurig zu sein! Du musst wieder fröhlich sein, denn schon seit Langem trage ich zwei Kinder unter dem Herzen. Es kann nur noch wenige Tage dauern, bis sie zur Welt kommen."

"Ja ist das wirklich so? Wenn das tatsächlich stimmen sollte – das wäre ja zu schön, um wahr zu sein! Was für ein Grund zur Freude! Das danken wir dem Segen des Buddha und der Bodhisattvas. Wenn ein solch großer Wunsch in Erfüllung geht, dann will ich diesen beiden Kindern, noch bevor sie das Licht der Welt erblicken, ihre Namen erwählen, auf dass sie nicht verhöhnt werden, wenn sie ohne Namen unter Menschen gingen. Fortan wirst du den Erstgeborenen Drichu nennen, der zweite aber soll Machu heißen. Präge dir das bitte gut ein und vergiss es nicht!"

Als die alte Frau die Worte ihrer besseren Hälfte vernommen hatte, war sie so selig, dass sie vor lauter Wonne den Mund nicht mehr zubekam. Das alte Väterchen aber mochte sich wohl zu

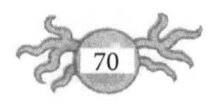

heftig gefreut haben oder aber es hatte sich zu sehr erregt, dass es ganz unerwartet verschied: Sein fortgesetztes Reden wurde immer leiser, langsam schlossen sich seine Augen, bis sein Mund schließlich offen stand und er lächelnd den Weg ins Paradies antrat.

Was gesprochen worden war, erwies sich jedoch nicht als leeres Wort, vielmehr stellte sich alles als richtig heraus. Schon am nächsten Morgen, in aller Herrgottsfrühe, schenkte das ergraute Mütterchen nacheinander zwei gesunden, runden Knaben das Leben. Daher kam es dem letzten Wunsch des verstorbenen Gatten nach und nannte den Erstgeborenen Sohn Drichu und den anderen Machu. Obschon beide Kinder von derselben Mutter geboren wurden, waren sie doch völlig unterschiedlich in Aussehen und Temperament – ganz wie es das alte tibetische Sprichwort sagt: „Eine Mutter mag neun Kinder gebären, aber, ach, ein jedes ist von anderer Art!" Als Drichu zur Welt kam, wirkte er bereits vornehm und kultiviert; kaum dass er irgendwelche Laute von sich gab, so still war er, und er war sofort „stubenrein". Machu erblickte das Licht der Welt als heiteres und offenherziges Kind, war allerdings auch ein wenig grob und zügellos wie ein schwer bezähmbares, ungestümes Ross. Stolz blickte die alte Mutter auf ihre beiden Söhne und sagte: „Meine liebsten Kleinen! 210 Jahre habt ihr beiden im Bauch der Mutter geschlafen. Habt ihr denn in dieser ach so langen Zeit irgendeinen schönen Traum gehabt? Und wenn ihr träumtet, was waren das für Träume? Kommt, wollt ihr eurer Mutter nicht vielleicht diese Träume erzählen?"

„Ehrwürdigste aller Mütter!", hob der Erstgeborene, Drichu, zu sprechen an. *„Während ich in deinem Bauch in süßem Schlummer lag, habe ich oft von einem wunderbaren, mit dem Pinsel besonders geschickt umgehenden Maler geträumt, der zu mir kam und mich mit großer Geduld lehrte, eine bezaubernde Frühlingslandschaft zu malen, eine Bildrolle mit grünblauen Bergen und klaren Gewässern. Immer wieder schärfte er mir ein, wenn du das Bild gut zu Ende malst, wirst du die bittere Not leidenden, schlichten, aber fleißigen Menschen in dieses Bildnis rufen, um darin zu leben."*

Machu hörte, wie sein älterer Bruder den Traum zu Ende erzählt hatte, und begann dann unmittelbar mit seiner Geschichte: „Liebe Ama, in deinem Bauch habe ich im Traum oft einen in voller Rüstung gekleideten Krieger gesehen, der Pfeil und Bogen am Körper trug, ein wunderbares Schwert mit scharfer Klinge in der Hand schwang und auf einem Ross mit roter Mähne daher ritt. Mit jenem Krieger traf ich oft zusammen, und er unterrichtete mich in den Kriegskünsten, in der Hoffnung, dass ich zukünftig ein auf Erden unbesiegbarer Heldenkrieger werde."

Mit großer Freude hatte die alte Mutter den Traumgeschichten gelauscht. Selbst der verstorbene Vater, so war sie sich gewiss, würde sich im Himmel freuen, wenn er davon erfuhr. So sprach sie, und ihre Stimme wurde immer leiser, ihre Augen quollen über mit Freudentränen, von denen einige auf ihre Söhne, andere auf die Erde herabtropften. Lachend schloss das alte Mütterchen die Augen und ging hochbeglückt aus dieser Welt.

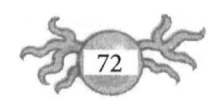

Als Drichu und Machu erkannten, dass ihre Ama auf einmal aus dem Leben geschieden war, klammerten sie sich an ihren Leib und brachen in Tränen aus. Ihr Schluchzen und Weinen war von solcher Macht, dass es Berge und Täler zum Erbeben brachte, selbst das unendliche grüne Grasland erzitterte darob. Beim Anblick ihrer dahingeschiedenen Mutter konnten die Söhne in ihrem Schmerz nicht mehr an sich halten und brachen immer wieder in Tränen aus. Über Jahr und Tag weinten sie, bis sie vor Erschöpfung endlich Schlaf fanden. Dutzende von Jahren sollen vergangen sein, so wird erzählt, wenn nicht hunderte, bis sie wieder erwachten und ihre alte Mutter zu ihrem großen Erstaunen in einen majestätischen Berg verwandelt sahen. Ihre Tränen aber strömten zu beiden Seiten des Berges, der sie nun trennte, als Flüsse herab. Die Geschwister konnten sich nun ebenfalls nicht mehr sehen, und jeder hatte seinen eigenen Weg zu gehen.

Und so kam es, dass Drichu sich seinen Weg nach Osten und Südosten bahnte. Ganz Tibet nennt diesen mächtigen Strom Dri Chu, bevor er das Hochland als Jinsha Jiang, „Goldsandstrom", verlässt und in der Provinz Sichuan seinen Namen Chang Jiang, „Langer Fluss", erhält, bei uns besser bekannt als Yangzi oder Jangtsekiang. Eingerahmt von bezaubernden Frühlingslandschaften strebt er von dort dem noch fernen Meere zu. Sein Bruder Machu aber versuchte sich weiter im Norden. Nachdem er sich vielfach übers Hochland gewunden und durch die Sümpfe Amdos hindurchgekämpft hatte, war er zu dem Krieger seines Traumes geworden, der mit der Macht seines Schwertes die ihm trotzenden Bergketten im Nordosten zerteilte und bis heute als Gelber Fluss wie ein wildes unbezähmbares Pferd durch die nordchinesischen Landschaften dem Gelben Meere zu jagt. Bei den Tibetern ist ihm der Name Ma Chu geblieben. Zwischen Dri Chu und Ma Chu aber erhebt sich über den östlichen Changthang-Steppen das Gebirge Yagra Dagze, das nicht ohne Grund als Mutter dieser beiden mächtigen Ströme gelten darf. [22]

Der Gelbe Fluss

Der Gelbe Fluss ist 5464 km lang und der zweitgrößte Chinas. Er windet sich wie ein gigantischer träger Drache vom Qinghai-Hochplateau in Tibet bis zum Ostchinesischen Meer. Auf dem Weg durch die Lößebenen des Nordwestens trägt er Unmengen von Sedimenten mit sich, was ihm seine gelbe Farbe und somit den Namen verleiht. Für die Schifffahrt ist er praktisch unbrauchbar. Viele Schwebstoffe sinken zu Boden, heben den Fluss und zuweilen liegt er wie in einem selbst gemachten Bett über der Ebene. Reißt dann der Damm, zum Beispiel bei Hochwasser, so stürzen sich die Wassermassen durch das Leck und überfluten kilometerweit das Flachland. Im Zeitraum von 2000 Jahren ist der Gelbe Fluss, den historischen Aufzeichnungen zufolge, 1500mal über die Ufer getreten und hat 26mal seinen Lauf geändert. Abermillionen Menschen kamen dabei zu Tode oder verloren ihr Hab und Gut. Die Überschwemmungen sorgten jedoch auch dafür,

---

22   Zimmermann A. & Grusche A.: Als das Weltenei zerbrach, S.102ff

dass das Land zu beiden Seiten des Flusses äußerst fruchtbar war, und schon vor 6000 Jahren siedelten Stämme in den Ebenen. Sie begannen Hirse und andere Feldfrüchte anzubauen. Um sich vor den Naturkatastrophen zu schützen, brachten sie Opfer dar, in Urzeiten sogar Menschenopfer.

Ho Po, der Graf des Gelben Flusses

Im gefährlichen Gelben Fluss, dem mächtigen Wasserweg in der nordchinesischen Ebene, waren zu Urzeiten feindselige Mächte am Werke. Diese musste man besänftigen, damit Überschwemmungen und Katastrophen vermieden werden konnten. Der bedeutendste Flussgeist zu jener Zeit war Ho Po, der Graf des Gelben Flusses. Jeder, der den Fluss überqueren wollte, brachte dem Graf ein Opfer dar, um sich einen sicheren Übergang zu erwirken. Diese Opfergabe war bei vornehmen Personen gewöhnlich ein Jadering. Bei den Uferbewohnern jedoch, die am meisten zu fürchten hatten von den Launen und Flussbettveränderungen, für die der Fluss so berühmt ist, waren die Opfer gewählter und barbarischer. In der Nähe von Lin Tsin, gegenüber der Stelle, wo der Fluss Wei in den Gelben Fluss einmündet, befand sich ein dem Grafen Ho Po geweihtes Heiligtum, und hier brachte man ihm Menschenopfer dar.

Die Zauberer wählten das schönste Mädchen des Bezirks aus und erklärten, dass es in diesem Jahr die „Braut des Grafen" sein sollte. Das auserwählte Opfer wurde dann in einem schönen Zelt am Flussufer untergebracht und mit Spitzen und Juwelen

geschmückt. Nach einer vorbereitenden Fastenzeit legte man es auf ein Ehebett, das man dann auf dem Strom aussetzte, wenn der Graf des Gelben Flusses seine Braut forderte. [23]

Erst im dritten Jahrhundert vor Christus wurde dieser Brauch abgeschafft, und auch dazu gibt es eine Geschichte.

Wie das Heiraten des Flussgotts aufhörte

Zur Zeit der Sieben Reiche wurde ein Mann namens Si-Men Bau Statthalter am Gelben Fluss. Als er sein Amt antrat, hörte er von der Unsitte. Er ließ die Zauberer zu sich kommen und sprach zu ihnen: „Den Hochzeitstag müsst ihr mir anzeigen. Denn ich will selbst zugegen sein, dem Flussgott meine Ehrung darzubringen, das wird ihn freuen, und er wird zum Lohne meinem Volke Segen spenden." Damit entließ er sie. Die Zauberer waren voll des Lobes seiner Frömmigkeit wegen.

Wie nun die Zeit erschien, da machten sie ihm Meldung. Si-Men tat Feierkleidung an und stieg zu Wagen und fuhr in festlichem Zuge an den Fluss. Die Ältesten des Volkes sowie die Zauberer und Hexen waren alle da. Von weit her waren Mann und Weib, Kinder und Greise herbeigeströmt, um das Schauspiel anzusehen. Die Zauberer setzten die Flussbraut auf ein Ruhebett, taten ihr den Hochzeitsschmuck an, Pauken und Trommeln und fröhliche Weisen erklangen um die Wette.

Schon waren sie im Begriff, das Bett dem Fluss zu übergeben.

---

23 Fitzgerald, C. P.: China, S.57

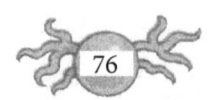

Die Eltern des Mädchens nahmen unter Tränen von ihm Abschied. Da gebot Si-Men halt und sprach: „Nicht so eilig! Ich bin selber erschienen, um der Braut das Geleit zu geben, da muss es feierlich und würdig zugehen. Es muss erst jemand hin ins Schloss des Flussgottes und ihm Nachricht bringen, damit er selber kommt, die Braut zu holen!"

Mit diesen Worten blickte er auf eine Hexe und sagte: „Du kannst gehen!" Die Hexe zögerte; da befahl er seinen Dienern, sie zu nehmen und in den Fluss zu werfen. Dann verging wohl eine Stunde.

„Dies Weib versteht die Sache nicht", fuhr Si-Men fort, „sonst wäre sie schon längst wieder zurück." Damit sah er einen Zauberer an und fügte hinzu: „Geh hin und mach es besser!" Der Zauberer verfärbte sich vor Angst; aber Si-Men ließ auch ihn packen und in den Fluss werfen. Wieder verging eine halbe Stunde.

Da stellte er sich beunruhigt: „Die beiden machen ihre Sache schlecht", sprach er, „und lassen die Braut vergeblich warten." Abermals blickte er auf einen Zauberer und sagte: „Geh du und sieh nach ihnen!" Der Zauberer aber warf sich zu Boden und bat flehentlich um Schonung. Und auch die anderen Zauberer und Hexen knieten der Reihe nach vor ihm nieder und baten um Gnade. Sie taten einen Schwur, dass sie nie mehr für den Flussgott eine Gattin suchen wollten. Da hielt Si-Men inne und schickte das Mädchen in seine Heimat zurück, und jene Sitte war für ewig abgetan. [24]

Die Menschen verließen sich aber nicht nur auf ihre Opfergaben, sondern versuchten selbst, die Fluten zu bändigen. Sie bauten

---

24 Wilhelm R.: Chinesische Volksmärchen – Gutenberg Projekt

Dämme und Deiche, meist jedoch ohne den gewünschten Erfolg. Auch König Shun wusste nicht zu verhindern, dass sein Land überschwemmt wurde. In Überlieferungen heißt es, dass sein Sohn Yu schließlich schwor, er würde es schaffen, die Wassermassen zu zähmen. Yu entwickelte ein System von Deichen und Kanälen, durch das der Fluss zum Meer geleitet wurde. Als das Projekt nach 13 Jahren erfolgreich beendet war, erhielt Yu den Beinamen „Der Große". Eine Legende aus dieser Zeit lebt heute noch in einem Sprichwort weiter:

Der Karpfen springt über das Drachentor

Bei seinen Arbeiten an der Regulierung des Gelben Flusses musste Yu einen Berg sprengen. Durch die sich ergebende Öffnung strömten die Wassermassen mit voller Wucht. Sie wirbelten die dort lebenden kleinen Karpfen so wild umher, dass diese nicht mehr wussten, wie ihnen geschah. Da beschlossen sie, Yu zu bitten, die Öffnung wieder zu schließen. Der große Deichbauer aber sprach: „Es tut mir leid, das kann ich nicht. Ohne dieses Tor wird die Ebene wieder überschwemmt und die Menschen kommen zu Tode. Könnt ihr nicht versuchen, über die Öffnung zu springen?" „Das ist zu schwer! Das ist zu hoch!", jammerten die Karpfen. Da schlug Yu vor: „Ich werde den Jadekaiser bitten, dass er jeden Karpfen, dem es gelingt, über die Öffnung zu springen, in einen fliegenden Drachen verwandelt." Von da an schwammen immer im späten Frühling Schwärme von Karpfen gegen den Strom den Gelben Fluss hinauf, versammelten sich am

Drachentor und versuchten mit aller Kraft empor zu springen. Die, denen es gelang, verwandelten sich sofort in einen Drachen und flogen gen Himmel. [25]

Das Sprichwort (oft nach bestandener Beamtenprüfung angewandt) sagt: *Sobald der Karpfen über das Drachentor gesprungen ist, verzehnfacht sich sein Wert!*

Der Yangzi

Mit gut 6380 Kilometern Länge ist der Yangzi der größte Fluss Chinas und der nach dem Amazonas und dem Nil drittgrößte Fluss der Welt. Beeindruckend ist die Energie, mit der er sich aus dem Hochgebirge ins Flachland stürzt. Der Höhenunterschied von der Quelle zu der Mündung beträgt 5800 Meter. Seine Strudel und Strömungen sind berüchtigt und haben manchen Schiffer und Treidler das Leben gekostet. Die oben erzählte Geschichte vom Sprung über das Drachentor hat sich nach Gerd Kaminski an einer Stromschnelle im Yangzi zugetragen, ein Beispiel dafür, wie Erzählungen wandern und sich von Ort zu Ort verändern. [26]

Yangzi und Gelber Fluss sind schwer zu beherrschen, und so waren die Instandhaltung und Erneuerung der Dämme wichtig für den Machterhalt der Regierung. War der Herrscher schwach, kümmerte er sich nicht um sein Land und Volk, versanken die Staatsgelder in den Taschen korrupter Beamten, so gab es Überschwemmungen, deren Ursache man dem Kaiser anlastete.

---

25   Origin of Chinese People and Customs, S.26f
26   Kaminski, G &Kreissl, B.: Drache-Majestät oder Monster, S.74

Zu diesem Zeitpunkt stand oft ein Machtwechsel bevor, denn die Menschen wünschten sich einen Regenten, der die Wasser regulierte und das kosmische Gleichgewicht wiederherstellen konnte.

2. Drachen überall

Der mongolische Herrscher Kublai Khan erhob im 13. Jh. die Stadt Beijing zur Reichskapitale und damit zum politischen und kulturellen Mittelpunkt des Landes. Sie ist es mit Ausnahme weniger Jahrzehnte durch die Jahrhunderte geblieben. Seit 1421 residierten insgesamt 24 chinesische und mandschurische Regenten im Kaiserplast der Verbotenen Stadt. Während dieser Zeit wurde vielfach renoviert und verändert, das Symbol des fünfklauigen Drachen war jedoch zu jeder Zeit allgegenwärtig.

Warum in Beijing Wassermangel herrscht

Einst, so erzählen sich die Bewohner von Beijing, befand sich dort, wo sich heute die Stadt ausbreitet, die Einöde des bitteren Ozeans. Die Menschen mussten in den westlichen und nördlichen Bergen leben und die Ebenen dem Drachenkönig überlassen. Der Drachenkönig, seine Frau, sein Sohn und seine Schwiegertochter sowie seine beiden Enkel herrschten über das flache Land, während die Menschen ein elendes Dasein in den Hügeln fristeten.

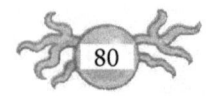

Sieg über den Drachenkönig

Die Jahre gingen ins Land, bis eines Tages der himmlische Nezha auftauchte, in kurzen Hosen und angetan mit einer roten Jacke. Mit magischen Kräften ausgestattet wagte sich der jugendliche Gott allein hinab in die Einöde des bitteren Ozeans, um den Kampf gegen die Drachen aufzunehmen. In neun Tagen kämpfte er neunmal, und es gelang ihm schließlich, den König der Drachen und seine Frau gefangen zu nehmen. Der Rest der Familie floh. Nachdem die Herrschaft des Drachenkönigs gebrochen war, versiegte das Wasser in der Einöde des bitteren Ozeans nach und nach und fruchtbarer Boden kam zum Vorschein. Nezha verbannte den Drachenkönig und seine Frau in einen großen See und baute eine Pagode hinein, um die beiden Gefangenen darin festzuhalten. Allmählich stiegen immer mehr Menschen aus den Bergen herab und ließen sich in der Ebene nieder. Sie errichteten Häuser und Dörfer, bebauten Felder, eröffneten Märkte und führten ein behagliches Leben.

Der geflohene Sohn des Drachenkönigs, der die Nachfolge seines Vaters angetreten hatte und nun Herrscher war, besetzte mit Frau und Kindern, einem Sohn und einer Tochter, einen See am Fuß der Westberge. Sie legten sich ins Wasser und beobachteten ruhig, was nun vor sich ging. Sie sahen, dass die Menschen in der Ebene schnell zahlreicher wurden und immer mehr Gebiet für sich beanspruchten. Der Wunsch, sich das Land zurückzuholen und wieder mit Wasser zu fluten, wurde in den Herzen der Drachen langsam übermächtig. Als dem neuen Drachenkönig eines Tages zu Ohren kam, dass eine Stadt namens Beijing errichtet werden sollte, wurde er über alle Maßen zornig. Er dachte: „Zuerst zerstören die Menschen unseren Drachenpalast und jetzt wollen sie darüber ihren eigenen Palast errichten." Auch hörte er, dass die beiden kaiserlichen Ratgeber Liu Bowen und Yao Guangxiao mit Hilfe von Nezha nicht nur einen Stadtplan entworfen, sondern auch bereits die Bauarbeiten an einer „achtarmigen Stadt" begonnen hatten.

„Verflucht seien sie alle!", sprach der Drachenkönig zu seiner Frau: „Es macht mich ganz verrückt, was die Menschen zu tun wagen. Wenn es ihnen gelingt, Nezhas achtarmige Stadt zu errichten, dann schwindet all unsere Hoffnung, dereinst zurückzukehren." Die Drachenkönigin versuchte ihren aufgebrachten Mann zu beruhigen: „Mach dir nichts draus; lass die Menschen sich ihre Stadt bauen. Wir bleiben hier in unserem Drachenpalast und halten uns fern von allen Problemen." Der Drachenkönig jedoch stampfte ärgerlich mit den Füßen auf. „Wie kannst du nur so reden! Wie kann ich tatenlos zusehen, wie die Menschen einfach von unserem Land Besitz ergreifen? Ich muss noch alles Wasser umleiten, bevor die Stadt fertig ist. Dann werden sie alle sterben." Seine Frau bekam es mit der Angst zu tun und versuchte, ihrem Mann seine Pläne auszureden. Doch ohne Erfolg – der Drachenkönig ließ sich nicht davon abbringen.

Die Täuschung

Am nächsten Morgen kleidete sich die gesamte Familie des Drachenkönigs wie einfache Bauern. Sie beluden eine hölzerne Schubkarre mit Gemüse, die der Drachenkönig von hinten schob und seine Gattin vorne zog. Die beiden Kinder folgten ihnen. Wie Bauersleute gingen sie in die Stadt auf den Markt. Natürlich wollten die vier kein Gemüse verkaufen. Sobald sie unerkannt in die Stadt geschlichen waren, warfen sie alles in einen Graben und zerstreuten sich in verschiedene Richtungen. Der Drachensohn und die Drachentochter gingen von Brunnen zu Brunnen. Der Junge trank alle Brunnen mit süßem Wasser und das Mädchen diejenigen, die bitteres Wasser hatten, bis auf den letzten Tropfen leer. Dann verwandelten sie sich in Wassergefäße in Fischform und legten sich in die Schubkarre. Ihre Eltern schoben sie durch das Xizhi-Tor hinaus und entschwanden, glücklich darüber, dass ihr Plan so gut aufgegangen war.

Inzwischen war der Bau der Stadt weit vorangeschritten, und Liu Bowen hatte begonnen, den kaiserlichen Palast zu errichten. Er war gerade auf einer Inspektionstour, als ein aufgeregter Vorarbeiter auf ihn zu rannte. „Oberster Ratgeber, wir sind in allergrößten Schwierigkeiten. Jeder einzelne Brunnen in Beijing, egal, ob groß oder klein, ist auf einmal trocken gefallen. Keiner führt auch nur noch ein Tröpfchen Wasser. Was sollen wir nur tun?"

Ein Plan

Liu Bowen war überrascht. Doch sehr bald erkannte er, wo das Problem lag. Schließlich war sich jeder darüber im Klaren, dass der Drachenkönig eifersüchtig auf die neue Stadt war. Und dass er und seine Familie nicht mehr hierher zurückkehren konnten, sobald Beijing fertiggestellt war. Liu Bowen sandte Soldaten zu allen Toren aus, um überprüfen zu lassen, ob verdächtige Personen die Stadt betreten oder verlassen hatten. Bald schon erreichte ihn die Nachricht, dass ein altes Bauernpaar die Stadt durch das Xizhi Men verlassen hatte, mit einer Schubkarre, auf der sich zwei Tongefäße in Fischform befunden hatten. Der Wachmann berichtete, dass die Gefäße merkwürdig ausgesehen hätten, aber nicht besonders groß gewesen seien. Trotzdem habe das Bauernpaar vor Anstrengung heftig geschwitzt. Als Liu Bowen das hörte, war er sich sicher, dass es sich um die hinterhältigen Drachen handeln musste, und er rief: „Wir müssen jemanden hinterherschicken, der sie einfängt und das Wasser wieder in die Stadt zurückbringt! „Wie soll das möglich sein?", fragte der Vorarbeiter. „Das kann ganz einfach sein", war Lius Antwort, „oder schwer, je nachdem, wie man es betrachtet. Schwer ist es, falls die Drachen bemerken, dass ihnen jemand folgt. Dann werden sie mit dem Wasser hinter sich einen Sumpf entstehen lassen, in dem der Verfolger ertrinken wird. Einfach ist es aber, wenn unser Mann die beiden Wassergefäße mit einem Speer in Stücke schießt und sofort wieder zurückreitet, ohne sich auch nur ein einziges Mal umzudrehen. Dann wird er das Xishi Men-Tor sicher und ohne Schaden erreichen."

Die Männer schüttelten ungläubig die Köpfe. Aber Liu bestand darauf, dass sofort jemand losreiten und versuchen sollte, die Drachen einzuholen. Die Soldaten und Wachleute bekamen Angst, zumal sie sahen, wie Liu Bowen ungeduldig und wütend wurde.

Der Retter

Plötzlich vernahmen sie in der hintersten Reihe eine helle, jugendliche Stimme: „Ich werde gehen! Und ich verspreche, dass ich die vermaledeiten Wassergefäße mit meinem Speer treffen und zerstören werde!" Alle drehten sich um und blickten in das Gesicht eines jungen, vielleicht zwanzig Jahre alten Arbeiters mit großen Augen und kräftigem Körperbau. Sein Name war Gao Liang. Liu Bowen war sehr angetan vom Mut des jungen Mannes und gestattete ihm, sich ein Pferd zu nehmen und loszureiten. Gao Liang griff sich einen Speer und galoppierte furchtlos und ohne sich umzuschauen davon.

Doch kaum dass er durch das Xizhi Men Tor geritten war, stand er vor einem Problem. Nach Nordwesten führte die Straße in die Jadequellenberge und nach Südwesten würde sie ihn in die Westberge bringen. Die südliche Straße führte zum Fucheng Men, einem weiteren Stadttor. Welche Straße sollte er nun wählen? Er musste die Entscheidung selbst und schnell treffen, und so dachte er scharf nach. Hatte Liu Bowen nicht gesagt, dass die listigen Drachen das Wasser sicherlich zu einem See bringen würden? Der einzige See befand sich am Fuße des Jadequellenberges. „Ich

muss die Drachen einholen, bevor sie ihn erreichen", dachte Gao Liang und galoppierte nach Norden. Nach einiger Zeit erreichte er eine Furt, von der rechts und links je ein Damm mit einer Straße abging. Welchen Weg hatte der Drachenkönig hier wohl genommen? Suchend blickte sich Gao Liang um und entdeckte zwei Bauern, die am Straßenrand plauderten.

„Habt ihr zwei Bauersleute gesehen, die eine Schubkarre mit zwei merkwürdigen Wassergefäßen in Fischform schoben?", fragte er. „Doch ja", antwortete der eine. „Wir haben uns über die beiden Alten schon sehr gewundert. Im Schweiße ihres Angesichtes mühten sie sich mit den Wassergefäßen ab. Warum ist jemand, zumal in dem Alter, so verrückt, nach Nordwesten zu gehen, wo man dort doch in der Jadequelle herrlich süßes Wasser finden kann." Nun wusste Gao Liang, wo er den Drachenkönig zu suchen hatte, und preschte weiter. Bald erreichte er eine mit Weidenbäumen bestandenen Kreuzung und rätselte erneut, welche Abzweigung er wohl nehmen musste. Ratlos stieg er ab, als sich ein paar Jungen näherten. „He, ihr Burschen!", rief er. „Habt ihr zwei Alte mit einer Schubkarre gesehen?" Sie wiesen ihn nach links, und Gao Liang zögerte nicht lange. Etwas später erreichte er schließlich einen trockenen Teich, an dessen Ufer ihm Wasserspritzer und am Grund des ausgetrockneten Gewässers Wagenspuren auffielen. Zudem entging ihm nicht, dass die Fußspuren der Drachen immer tiefer wurden. „Sie werden müde", dachte er. Er nahm seine ganze Kraft zusammen und folgte den Fährten. Und wie der Jadequellenberg in Sicht kam, vermochte er in der Ferne zwei Gestalten zu erkennen, die, einen

Karren neben sich, erschöpft auf dem Boden saßen und sich den Schweiß vom Gesicht wischten. Das konnten nur die Drachen sein! Langsam schlich sich Gao Liang durch ein Hirsefeld an, sprang mit einem Mal auf und schleuderte seinen Speer auf eines der Wassergefäße. Es sprang in tausend Stücke, und im Nu strömte das Wasser heraus. Doch bevor er das zweite Gefäß zerstören konnte, verwandelte es sich in einen Knaben, der in die Jadequelle sprang und abtauchte. Die Drachenkönigin ergriff die Scherben des zerstörten Gefäßes und flog über die Gipfel des Westlichen Berges, um sich im See des Schwarzen Drachen zu verstecken. All dies ereignete sich in Sekundenschnelle, gleich einem Blitz, der herniederzuckt. Der Drachenkönig aber brüllte laut auf und donnerte Gao Liang die Worte entgegen: „All meine Pläne hast du zunichte gemacht! Das wirst du büßen – glaub nur nicht, dass du davonkommst!"

Der wackere Gao Liang stürmte los, doch hinter sich hörte er ein eigenartiges Rauschen, wie von einer herannahenden Woge. Er ritt immer schneller, aber auch die Flut hinter ihm wurde schneller. Verlangsamte er dagegen sein Tempo, verlangsamte sich der Strom des Wassers ebenfalls. Gao Liang wandte sich nicht um, schon kam Xizhi Men in Sicht, und er erblickte Liu Bowen, wie er oben auf dem Stadttor stand. Erleichtert, sein Ziel fast erreicht zu haben, vergaß er alle Warnungen und blickte doch noch zurück. Und in diesem Moment riss ihn die Welle mit aller Gewalt davon.

Seit dieser Zeit gibt es zwar Wasser in den Brunnen von Beijing, aber es ist brackig und von schlechter Qualität. Das

Wasser nämlich, das er zurückgebracht hatte, stammte aus dem Gefäß des Mädchens, das die Brunnen mit dem bitteren Wasser leergetrunken hatte. Das süße Wasser hatte der Sohn des Drachen in die Jadequelle gebracht. Was mit dem Drachenkönig passierte, das ist wahrlich eine andere Geschichte. [27]

In den Erzählungen vom alten Beijing haben wir aber schon erfahren, was schließlich aus der Drachenmutter und ihrer Tochter geworden ist.

Der Drachenkönig-Tempel im Kunming-See

Der Sommerpalast in Peking ist eine wahrhafte Oase in dieser brodelnden Stadt. Die heutige Anlage geht auf den schon erwähnten Kaiser Qianlong zurück, der den damals „Garten des Reinen Wassers" genannten Palast Mitte des 18. Jahrhunderts seiner Mutter zum 60. Geburtstag schenkte. Im Süden der Anlage befindet sich der 2,2 km² große Kunming-See mit der kleinen Insel Nanhu. Der Kaiser ließ vom Ufer des Sees aus eine Brücke mit 17 Bogen zur Insel errichten. 544 gemeißelte Löwenfiguren flankieren den Übergang. Auf Nanhu befinden sich heute mehrere Tempelanlagen. Besucher, die nicht über die Brücke wandeln wollen, können sich auch mit einem der malerischen Drachenboote hierhin fahren lassen. Das ist eine schöne Einstimmung auf den Besuch des Drachenkönig-Tempels, um den sich die folgende Legende rankt:

---

27 Zimmermann, A. & Grusche A., aaO S.122ff

Ein seltsamer alter Mann

In alten Zeiten sprudelten um die kleine Insel zahlreiche Quellen, welche die Dörfler mit Trinkwasser versorgten. Sie konnten außerdem mühelos ihre Felder bewässern und sich von Enten und Fischen ernähren. Doch dann geschah es, dass drei Jahre lang kein Regen fiel, und selbst die Quellen schienen zu versiegen. Schon welkten die Reispflanzen in den Feldern. Es war bereits nach dem 13. April und immer noch hatte es nicht geregnet. Da strömten die Menschen zum Westdeich, verbrannten Räucherstäbchen, knieten nieder, machten Kotau und flehten den Himmelsgott an, ihnen Regen zu schicken.

Eines Tages erschien ein weißbärtiger alter Mann am Deich und erzählte den Menschen, er könne den Teich mit Wasser füllen und zwar um drei Inches während der Nacht und um einen Fuß am Tag. Sobald der ganze Teich dann gefüllt sei, bräuchten sie sich nicht mehr vor einer Dürre fürchten, selbst wenn es wieder drei Jahre lang nicht regnen sollte. Als die Menschen fragten, wie er das bewerkstelligen wolle, erklärte er ihnen: Vor vielen tausend Jahren war hier das Meer. Mit der Zeit zog es sich zurück und übrig blieb ein Marschland mit vielen kleinen Teichen. Nun es gibt einen Meeresbrunnen nahe beim westlichen Deich, aber der kann kein Wasser mehr spenden, da seine Öffnung von einem Goldfischdämon verstopft wird. Sobald dieser verschwindet, kann das Wasser wieder sprudeln.

Die Dörfler baten den Alten, ihnen zu helfen, den Dämon zu finden. Er sprach: „Springt mit mir in das seichte Wasser

und folgt mir im Kreise!" Nach drei Runden stoppte der Alte und malte mit seinem Stab ein Kreuz in den nassen Sand. Dann forderte er die Männer auf, an dieser Stelle drei Fuß tief zu graben. Und wahrlich sie fanden dort unten einen Fisch mit goldenem Kopf, goldenem Schwanz und goldenen Schuppen, der mit seinem riesigen Körper das Wasserloch versperrte. „Wir haben den Goldfischdämon gefunden! Hurra, hurra!", riefen die Dörfler, und während sie die Neuigkeit verkündeten, machte der Goldfisch einen mächtigen Sprung und ward nicht mehr gesehen. Sogleich sprudelte klares Wasser aus dem Loch und füllte den See. Als die Dörfler dem alten Mann danken wollten, konnten sie ihn nirgends entdecken; er war spurlos verschwunden. So glaubten die Menschen, dass es wohl der Drachenkönig gewesen sei, der ihnen in menschlicher Gestalt zu Hilfe geeilt war, und sie sammelten Spenden und bauten auf dem Westdeich ihm zu Ehren einen Tempel. Von nun an kamen jedes Jahr in der Zeit vom 1. bis 15. April die Menschen aus allen umliegenden Dörfern, um zu beten und Opfer zu bringen. Während Kaiser Qianlong den Sommerpalast errichten ließ, wurde auch der See umgestaltet, und deshalb liegt der Drachentempel heute auf einer Insel. [28]

Neun-Drachen-Wände

Die drei bekanntesten Neun-Drachen-Wände in China befinden sich in Peking und Datong. Typischerweise wurden diese Wände in kaiserlichen Palästen und Gärten gegenüber einem

---

28 Sights with Stories in Old Beijing, S.67f

Eingangstor angelegt. Sie dienen als Barriere, um das Durchkommen von bösen Geistern zu blockieren, und fungieren gleichzeitig als Schmuckstücke. Wie der Name schon sagt, sind neun Drachen darauf abgebildet. Neun gilt als eine symbolträchtige Zahl und ist eng mit dem Drachen assoziiert, wie schon oben erläutert.

Die **Neun-Drachen-Wand im Kaiserpalast** wurde im Jahre 1772 während der Regierungszeit von Kaiser Qianlong erbaut. Es ist eine 29,4 Meter lange farbig glasierte Ziegelwand mit Darstellungen sich dramatisch windender Drachen, die jeweils mit einer Perle spielen. Jeder dieser Drachen zeigt eine eigene Bewegung und Mimik. 270 Keramik-Kacheln wurden verwendet, aber **ein einziger Ziegel soll anders gewesen sein.**

Das Missgeschick

Im Herbst des Jahres 1772 stand die Neun-Drachen-Wand kurz vor ihrer Vollendung. Kaiser Qianlong hatte seinen Besuch für den nächsten Morgen angesagt, um das Kunstwerk zu inspizieren. Eiligst versuchten die Arbeiter die letzten Kacheln einzufügen. Da geschah das Unglück: Einem der Handwerker rutschte eine Kachel aus der Hand und zerschellte auf dem Boden. Entsetztes Schweigen überall. Es blieb nun keine Zeit mehr, den entsprechenden Ziegel nachzubrennen. Der talentierte Handwerker fürchtete den Zorn des Himmelssohnes. Da kam ihm ein fantastischer Einfall: Über Nacht schnitzte er den Ziegel aus Holz nach, bemalte ihn und setzte ihn in die Wand. So hatte er seinen Kopf gerettet. [29]

---

29   Kausch, A.: China, S.124

Eine weitere **Neun-Drachen-Wand** befindet sich **im Behei-Park**, einem typisch chinesischen Garten, nordwestlich des Kaiserpalastes. Sie wurde schon kurz nach 1402 errichtet und schützte ursprünglich die Residenz des Kaisers Yongle, der dort residierte solange sich die Verbotene Stadt noch im Bau befand. Die Wand ist knapp 6 Meter hoch, 1,6 Meter dick und 25,5 Meter lang. Sie ist mit 427 siebenfarbigen Reliefs aus glasierten Kacheln verkleidet. Neben den neun großen Drachen befinden sich auf weiteren Verzierungen der Wand hunderte weiterer Drachenreliefs, insgesamt zeigt die Wand 635 Drachen in allen Größen. Diese Neun-Drachen-Wand ist die einzige in China, bei der Vorder- und Rückseite künstlerisch gestaltet wurden.

Die größte und älteste der berühmten Drachen-Wände ist die **Neun-Drachen-Wand von Datong.** Sie entstand vor mehr als 600 Jahren in der frühen Ming-Zeit und wurde für den 13. Sohn von Zhun Yuanzhang, dem ersten Kaiser der Dynastie erbaut. Die Wand ist ca. 45,5 Meter lang, 8 Meter hoch und am Sockel 2,02 Meter breit. Ihre Schauseite zeigt auf mehr als 400 glasierten plastischen Fliesen mit blauem Untergrund neun Drachen in individuellen Stellungen; auch sie spielen oft mit einer Himmelsperle. Die folgende Geschichte führt uns zurück in die Zeit der Erbauung:

Die längste Drachenwand

Kaiser Zhu Yuanzhang zeugte viele Söhne und bestimmte schon zu Lebzeiten seinen dreizehnten Sohn Zhu Gui zu seinem Nachfolger. Leider wurde der Junge von allen zu sehr verwöhnt.

Er wurde faul, studierte nicht und zeigte ein rücksichtsloses, arrogantes Benehmen. Das kam dem Kaiser zu Ohren, und es gefiel ihm überhaupt nicht. Als Zhu Gui mit zwanzig Jahren noch immer nichts gelernt hatte, schickte ihn der Kaiser nach Datong, um die Stadt zu verwalten. Aber auch hier tat Zhu Gui nur, was ihm gefiel, zeigte sich grausam und versetzte die Menschen in Angst und Schrecken. Auch seine Ehefrau, die Tochter des beliebten Kanzlers Xu Da, hatte keine der guten Eigenschaften ihres Vaters geerbt, sondern zeigte sich böse und eifersüchtig. Man erzählte sich, sie habe aus Wut die Gesichter zweier hübscher Dienerinnen mit Asche beschmiert.

Als der Kaiser keine Besserung im Verhalten von Zhu Gui sah entschied er, seinen vierten Sohn Zhu Di zum Nachfolger zu ernennen. Zhu Gui platzte fast vor Wut, aber sein Vater ließ sich nicht umstimmen. Um den Sohn jedoch zu besänftigen, ließ er für ihn in Datong eine Art kaiserlichen Palast errichten.

Eines Tages nun beschloss Zhu Gui, seinen Bruder Zhu Di, den zukünftigen Kaiser, in Nanjing zu besuchen. Drei Tage lang tranken und tafelten die Männer zusammen, und als dann Zhu Gui einen Verdauungsspaziergang machte, entdeckte er vor dem Palast eine glänzende Neun-Drachen-Wand. Sie gefiel ihm so gut, dass er unbedingt auch eine haben wollte. So zwang er seinen Bruder, ihm die Baupläne auszuhändigen, und kehrte dann schnellstens nach Datong zurück. Hier bestellte er die besten Baumeister und Handwerker der Stadt und gab ihnen den Auftrag, eine Mauer zu bauen. Seine Frau aber stellte sicher, dass ihre Mauer noch etwas länger wurde als die in der Hauptstadt.

Schon nach sechs Monaten war das Bauwerk vollendet. Überall in der Stadt wurden rote Laternen aufgehängt, die Trommeln geschlagen und gefeiert. Zhu Gui und seine Frau bestiegen den höchsten Turm und genossen von oben die Aussicht auf die neue Neun-Drachen-Wand. Im Sonnenschein glaubte man, die Drachen seien lebendig und spielten in Wind und Wogen mit ihren Zauberperlen. Zhu Gui war begeistert. Plötzlich verdunkelte sich der Himmel, es blitzte und donnerte, und auf einmal flogen zwei riesige Drachen, ein schwarzer und ein gelber, vom Himmel und spuckten Wasser wie aus einer Fontäne. Was war geschehen? Die Drachen auf der Wand hatten richtige Drachen angelockt und wurden mit Wasser beschenkt. So entstanden hinter der Wand zwei Brunnen. Aus dem einen fließt süßes und aus dem anderen bitteres Wasser. Das süße nehmen die Bewohner von Datong als Trinkwasser und das bittere zum Heilen. Vor der Neun-Drachen-Mauer ließ Zhu Gui noch einen Teich anlegen, und bei schönem Wetter spiegelt sich die Wand im Wasser und die Drachen scheinen dort vergnügt zu schwimmen. [30]

In der Nähe der Provinzhauptstadt von Zhejiang, in Hangzhou (200 Kilometer südwestlich von Shanghai), liegt inmitten riesiger Teeplantagen das kleine Dörfchen Lung-Ching. Dieses Dörfchen ist nach einem Brunnen benannt, dem sogenannten **„Drachenbrunnen"**. Zum Brunnen und zum Tee erzählt man sich folgende Legende:

---

30   Erzählung von Li Shuang

Lung Ching-Grüntee

Vor mehr als 1000 Jahren lebte ein Drache im Brunnen des kleinen Dörfchens. Nun geschah es, dass eine große Dürre über das Land kam und die Menschen sich um ihre Ernte große Sorgen machten. Als sich auch nach Wochen immer noch kein Wölkchen am Himmel zeigte, machte sich der taoistische Priester auf zum Brunnen und rief: „Long, Long, kannst du uns helfen? Menschen, Tiere und Pflanzen verdursten hier bei dieser unerträglichen Trockenheit. Bitte, bitte schicke uns Regen!" Da empfand der Drache Mitleid, und es dauerte nicht lange, da fielen dicke Regentropfen vom Himmel und brachten Erlösung für Mensch und Tier. Doch wie erstaunten die Bauern, als sie die Teeblätter ernteten und den besten aller Grüntees erhielten. Zum Dank nannten sie den Brunnen von nun an „Drachenbrunnen" und den Tee der umliegenden Felder „Drachenbrunnentee". [31]

Drachenbrunnentee zeigt eine gelbgrüne Farbe, die auch dem Drachen zugesprochen wird, und ist bis zum heutigen Tage von bester Qualität. Die jungen Blätter werden selbst in unserem motorisierten Zeitalter nur mit der Hand geerntet und aufs Sorgfältigste verarbeitet. Kaiser Qianlong soll im 18. Jahrhundert den Tee zum „Kaisertee" ernannt haben. Bis heute ist „Lung Ching-Tee" der offizielle „Staatstee", der bedeutenden Personen zum Geschenk gemacht wird. Selbst der englischen Königin Elisabeth wurde er bei einem Besuch als Gastgeschenk überreicht.

---

31 Erzählung von Li Shuang

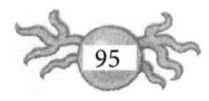

V. Drachen heute

1. Das Drachenmeer

Der chinesische Drache besitzt viele gute Eigenschaften, es wird jedoch niemals vergessen, welche Macht er besitzt und wie gewalttätig er sein kann. Ein Beispiel dafür ist das angsteinflößende Drachenmeer. Dieses Gebiet wird mit dem im Westen bekannten Bermudadreieck verglichen. Das chinesische Drachenmeer befindet sich östlich von Shanghai. Es heißt, wenn eine Dschunke sechs Tagesreisen nach Osten segelt, landet sie genau im Zentrum des Drachenmeeres und läuft Gefahr, verschlungen zu werden. Dieser magische Ort im Meer wird von J. Guter folgendermaßen beschrieben:

[Das Drachenmeer hat in der Tat ebenfalls die Gestalt eines Dreiecks, seine Grenzen verlaufen von Ostjapan bei Tokio bis hinunter nach Guam, von dort in nordwestlicher Richtung bis Taiwan und dann über die Ryukyu-Inseln wieder zurück nach Ostjapan. Es wird im Osten von einem Punkt begrenzt, der ungefähr auf dem 145. östlichen Längengrad liegt. Wenn man die Ostgrenze des Bermudadreiecks nach Norden verlängert und über den Nordpol führt, so durchquert diese Linie auf der anderen Seite der Erdkugel das Drachenmeer. Beide Dreiecke liegen so, dass der 35. Breitengrad durch sie hindurchläuft, und beide Gebiete liegen am Ostrand von Festlandmassen im Bereich des Tiefseeabfalls, wo der relativ flache Meeresboden plötzlich zu den tiefsten Ozeangräben im Atlantik und im Pazifik abfällt. Bereits im Jahre 1518 ist auf einer portugiesischen Portulankarte* der chinesischen Küste östlich von Shanghai ein aus dem Himmel niederstürzender Drache eingezeichnet.]

Portulankarten sind von Hand gezeichnete, mehrfarbig angelegte Unikate auf Pergament. [32]

Legenden zufolge befindet sich sechs Tagesreisen von der Küste entfernt unterhalb einer kleinen Insel der Unterwasserpalast eines bösartigen Drachen. Er lässt seit vielen Jahrhunderten Schiffe mit Mann und Maus im Meer versinken, ohne dass man auch nur noch eine Holzplanke gefunden hätte. Belegt ist, dass 1942 vor der Ostküste Japans drei Zerstörer und zwei kleinere Flugzeugträger verschwanden; trotz genauester Untersuchungen konnte keine Fremdeinwirkung nachgewiesen werden. Zwischen 1949 und 1954 verschwanden im Drachenmeer auf unerklärliche Weise zehn große Fischereifahrzeuge und ein Küstenwachschiff mitsamt Besatzungen. Der Drache scheint gierig und unsterblich zu sein!

Die folgende Legende, die auch bei Guter zu finden ist, hierzu:

Der japanische Gesandte

Vor langer, langer Zeit erhielt der japanische Abgesandte Kamatari von seinem Kaiser den Auftrag, eine kostbare Perle aus China abzuholen. Bevor Kamatari sich auf die gefährliche Seereise zurück in sein Heimatland machte, verwahrte er die Perle sicher an seiner Brust. Das Meer zwischen den beiden Ländern ist aber ungeheuer stürmisch, und so geriet er in Seenot und erlitt Schiffbruch. Er kam lebend nach Japan zurück, hatte aber die Perle im Toben der Seewinde verloren.

---

32   Guter, J., aaO S.40f

Der Kaiser ließ ihm sein Leben, verbannte ihn aber zur Strafe in das abgelegene Fischerdorf Fukazaki. Dort lebte er ganz bescheiden unter den Dorfbewohnern. Nach etlichen Monaten verliebte er sich in eine Perlentaucherin, und als diese seine Gefühle erwiderte, heirateten sie. Kamatari aber wurde nicht glücklich, da er den Verlust der Perle nicht vergessen konnte.

Eines Tages beschloss die junge Frau, ihrem Mann auf eine ganz außergewöhnliche Weise ihre tiefe Liebe zu beweisen. Früh am Morgen bat sie ihn, mit ihr im Perlentaucherboot weit hinaus in die See bis zu den gezackten Korallenriffen zu segeln. Dort angekommen sprang sie sofort ins Meer, aber nicht, um nach einer Muschel zu tauchen, sondern um zum Palast des Drachenkönigs auf dem Grund des Meeres vorzudringen.

Sachte glitt sie durch den dichten Tang, tauchte tiefer und tiefer und kam tatsächlich zum Drachenpalast. Die Tore standen weit offen. Schnell schwamm sie hinein, fand eine kostbare Perle, nahm sie schnell an sich und enteilte durch die Wasser in Richtung des Bootes. Es war eindeutig die kostbare Perle, die ihr Mann verloren hatte. Ein Fisch hatte sie wohl damals gefunden und zum Drachenpalast gebracht.

Noch war die Taucherin nicht beim Boot angekommen, da wurde der Diebstahl im Palast schon entdeckt. Sofort schickte der Drachenkönig seine Wachen aus: Fische, Kraken, Schildkröten, Krabben und andere Meeresbewohner. Blitzschnell kamen sie angeschwommen und versuchten, der mutigen Frau das Juwel wieder zu entreißen.

In ihrer Not schlitzte sich die Schwimmerin die Brust auf und verbarg darin die Perle. Als sie endlich das Boot erreichte, blieben ihre Verfolger zurück und Kamatari zog seine erschöpfte Ehefrau aus dem Wasser. Fast schon ohnmächtig holte sie die Perle aus ihrer blutenden Brust und reichte sie ihrem Mann. Die Wunde aber war tödlich, und innerhalb weniger Minuten hauchte die junge Perlentaucherin ihr Leben aus. [33]

Drachenmedizin

Chinesische Apotheken führen seit alters her Heilmittel, die in westlichen Ländern nicht gebräuchlich sind. Zu ihnen gehört das sogenannte „Drachenmehl". Es handelt sich dabei, wie man heute weiß, um zermahlene fossile Knochen von Sauriern und anderen urzeitlichen Großtieren. Im Jahre 1899 befasste sich der deutsche Botschaftsangehörige in Peking, Herr K. S. Haberer, intensiv mit den Knochen. Er besuchte chinesische Apotheken in vielen verschiedenen Städten und sammelte die unterschiedlichsten Knochen. Diese schickte er zur Untersuchung an Professor Max Schlosser von der Universität München. Im Jahre 1903 veröffentlichte Schlosser nach Auswertung der Untersuchungen seinen Bericht. Zum ersten Mal wurde erklärt, dass die sogenannten „Drachenknochen" Fossilien verschiedener ausgestorbener Säugetiere waren. (Meskill, S.384)

Dennoch schrieb man im Volk weiterhin die Knochen den Drachen zu. Da Drachen magische Wesen waren, musste

---

[33] Guter, J., aaO S.75f

das Knochenmehl auch heilende Kräfte haben. Es wurde zur Behandlung von Fieber, bei Schwangerschaftsbeschwerden, bei Kopfschmerzen, bei Gallensteinen und sogar bei Wahnsinn verwendet. Pulverisiert werden sogar Drachenzähne und -krallen bis heute in der chinesischen Medizin gegen zahlreiche Gebrechen und Krankheiten angewandt. (Gebhard/Ludwig, S. 51)

2. Drachenadern

Drachenadern sind energetische Linien bzw. Orte mit starker positiver Strahlung. Im alten China glaubte man, dass die Erde mit einem Netzwerk unsichtbarer Pfade des Drachen (Lung Mei) bedeckt wäre. Menschen, die ihre Häuser auf einen solchen Pfad bauten oder die Gräber ihrer Ahnen darauf setzten, waren außergewöhnlich erfolgreich. Als Beispiel dafür galt Kaiser Taizu, der Gründer der Song-Dynastie.

Taizu

Der junge Taizu lebte in ärmlichen Verhältnissen. Eines Tages war er gezwungen, die Gebeine seines Vaters umzubetten. So sammelte er die Knochen in einen Weidenkorb und brachte sie zu einer anderen Stelle, die ihm geeignet erschien. Zufällig lag das neue Grab auf einem Drachenpfad. Fortan war Taizu vom Glück begünstigt und er wurde später sogar Kaiser. [34]

---

[34] Newton Hayes, L. The Chinese Dragon, S.78

Chinesen befolgen normalerweise auch heute noch den Rat eines Geomanten, wenn sie ein Grundstück kaufen und ein Gebäude errichten lassen. Geomanten (Geomantie: Weissagung aus der Erde) versuchen, den Verlauf von Energieströmen in der Landschaft zu erkunden.

Im Feng Shui wird jeder Himmelsrichtung ein Sternbild zugeordnet: Der grüne Drachen des Ostens, der rote Phönix des Südens, der weiße Tiger des Westens und die schwarze Schildkröte des Nordens. Der echte Drache ist ein Berg, der sich über andere erhebt und einen steilen Hang hat. Geomanten spüren die Drachenadern auf und achten auf die im Untergrund lagernden Drachen. Das Haus muss an einer günstigen Stelle des Grundstücks liegen, und zwar so, dass die positive Energie (das Chi) fließen kann.

In Hongkong erzählt man den Besuchern gern folgende Geschichte von ignoranten Bauherren, die sich nicht um die Regeln des Feng Shui kümmerten.

Repulse Bay

Vor einigen Jahren kauften Investoren ein wunderschönes Grundstück auf Hongkong Island an einem Berghang in Repulse Bay. Sie ließen darauf ein Nobelhotel errichten und versprachen sich geschäftlichen Erfolg aufgrund der prächtigen Ausstattung und der atemberaubenden Aussicht über die Bucht. Doch erstaunlicherweise ging das Hotel schon nach kurzer Zeit in Konkurs. Ursache: Das Gebäude hatte dem Drachen den Blick aufs Meer versperrt!

Der neue Besitzer ließ den Komplex abreißen und ein Apartmenthaus bauen. Für seine Baupläne rief er jedoch einen Geomanten zu Hilfe. In dem Hochhaus befindet sich nun auf halber Höhe eine 400 Quadratmeter große Öffnung. Durch dieses Loch kann der Drache jetzt ungehindert auf das Meer schauen. Er ist besänftigt, die Bewohner der Apartments glücklich und die Geschäfte laufen hervorragend. [35]

Im modernen China wird nicht nur auf Drachenadern geachtet, sondern Eltern erzählen den Kindern auch heute noch Drachengeschichten. In Shatin bei Hongkong gibt es einen Felsen mit dem Namen „Warten auf den Ehemann." Dazu hat H.-R. Döringer ein im Volksmund erzähltes Märchen aufgeschrieben, das Joseph Wang, ein Künstler aus HK, mit chinesischen Tuschzeichnungen illustrierte. Er fuhr zu diesem magischen Ort und ließ sich inspirieren.

---

35 Bandini, D.& G., aaO S.133

Der Drache Long-bin und die traurige Mei-lin

Eine Geschichte aus China

*Vor langer Zeit lebte ein junger Fischer
in einem kleinen Dorf am Meer
im Süden Chinas.
Sein Name war Pao.*

*Wie es so Brauch war,
hatten seine Eltern ihm eine Frau ausgesucht:
die schöne Mei-lin.*

*Pao und Mei-lin liebten einander
von ganzem Herzen,
und als Mei-lin einen Sohn gebar,
war ihr Glück vollkommen.*

*Jeden Morgen, wenn Pao mit seinem Boot
aufs Meer hinausruderte,
band Mei-lin das Baby in ein Tuch auf ihren Rücken.
Dann kletterte sie auf den Berg nahe bei ihrer Hütte.
Von dort aus winkte sie Pao nach.*

*Wenn die Zeit von Paos Rückkehr nahte,
machte sich Mei-lin wieder auf zum Berg,
um ihn vom gleichen Platz aus freudig zu begrüßen.
Und so ging es Tag für Tag.*

*Eines Morgens, im zweiten Monat des Mondjahres,
kam ein fürchterlicher Sturm auf.
Die See grollte.
Riesige Wellen türmten sich auf und
brachen brausend zusammen.*

*Mei-lin hörte den Sturm heulen.
Schnell knotete sie das Baby auf ihren Rücken und
hastete den Berg hinauf.
Dort stand sie unbeweglich
und starrte auf die haushohen Wogen.
Stunden um Stunden vergingen,
aber von Pao war nichts zu sehen.*

*Long-bin, der junge Wasserdrachen,
hatte den langen Winter in seinem Schloss
auf dem Meeresgrund verbracht.
Nun langweilte es ihn,
und er freute sich auf seinen Flug zum Himmel.*

*Endlich war es so weit. Long-bin machte sich
auf den Weg in die Wolken.
Er wollte den Menschen Regen bringen.
Übermütig hüpfte er umher und schlug dabei
mit seinem kräftigen Schwanz.
Da geriet das Meer in Aufruhr.*

*Als Long-bin in den Wolken ankam,
schaute er zur Erde zurück.
Überrascht entdeckte er tosende Wellen,
die alle Fischerboote verschlangen.*

*Plötzlich erspähte Long-bin auf der Kuppe
eines Berges eine junge Frau.
Sie trug ein Baby auf ihrem Rücken
und schien auf ihren Liebsten zu warten.
Nur der Drache wusste,
dass dieser niemals kommen würde.*

*Long-Bin wurde sehr traurig über das,
was er angerichtet hatte.
Dicke Tränen tropften aus seinen Drachenaugen.
Diese Tränen fielen auf Mei-lin und
erstarrten zu Kristallen.
So verwandelten sie Mutter und Kind zu Stein.*

*Wenn du rausfährst aufs Land,
dann halte deine Augen weit offen,
es könnte ja sein, dass irgendwo auf einem Berg ...*

3. Drachenfeste

Drachentänze

Der Brauch des Drachentanzes geht bis in die Zeit der Han-Dynastie (206 v. Chr.- 220 n. Chr.) zurück. Ursprünglich diente er der Vertreibung von bösen Geistern und als Schutz vor Landplagen und Seuchen. Während der Tang- und der Song-Dynastie wurde der Tanz schließlich zeremonieller Bestandteil hoher Festtage. Drachentänze finden bis in die heutige Zeit im Rahmen der Festivitäten zum chinesischen Mondneujahr, dem Frühlingsfest, statt. In einigen Dörfern ist es noch Sitte, die im Vorjahr geborenen Kinder unter dem Drachen durchzureichen, um ihnen Überleben und Glück zu sichern.

Beim Drachentanz wird ein langes, schlangenartiges Gebilde mit Drachenkopf und Drachenschwanz an Stangen hoch in die Luft gehalten; mindestens 10 Personen sind dafür nötig. Der Drache ist in mehrere Segmente aufgeteilt, wobei eine ungerade Zahl glücksverheißend ist. Es gibt also 9, 11, 13 bis sogar 29 Segmente, und je nach Anzahl der Segmente kann der Drachen bis zu 30 Meter lang werden. Hat der Drache mehr als 15 Segmente, so eignet er sich nicht mehr zum Tanzen, sondern ist ein Dekorationsstück, bei dem besonders auf die kunstfertige Ausführung geachtet wird. Als Haut des Tanzdrachen dient ein satinartiges Stoffgebilde, das mit Zacken versehen und mit roten Schuppen bemalt ist. Dieser Körper wird im Drachentempel für das nächste Fest aufbewahrt, während man Kopf und Schwanz, die besonders aufwändig aus

Bambus und Papier gefertigt sind, verbrennt. Beim Tanz geht ein Mann, der einen großen, mit Bändern verzierten Ball auf einer Stange hin und her und auf und ab schwingt, vor dem Drachen her. Das Ungetüm versucht, den Bewegungen zu folgen und scheint zu tanzen. Trommeln tönen, Trompeten klingen. Die Drachentänzer werden hoch verehrt, und nach der Aufführung lädt man sie zu üppigen Banketts ein. Es heißt, dann wird „mit dem Drachen Wein getrunken".

Da man im Altertum noch glaubte, dass der Drache für Wolken und Regen zuständig sei, führten die Menschen während einer Dürre den Drachentanz auf, um Regen zu erbitten. Im Kreis Tongliang, der sogenannten Heimat des Drachen, in der Provinz Sichuan erzählt man sich eine Volkssage zur Herkunft des Tanzes.

Besuch beim Menschenarzt

Eines Tages verspürte der Drachenkönig des Ostmeeres einen unerträglichen Schmerz an seiner linken Hüfte. Da er keinen anderen Ausweg wusste, verwandelte er sich in einen alten Mann und begab sich aufs Festland, um einen Arzt aufzusuchen.

Ein erfahrener Arzt untersuchte den Patienten und fühlte ihm den Puls. Sofort kam er dem Mediziner etwas seltsam vor, und dieser fragte erschrocken, ob der Alte wirklich ein Mensch sei. Da der Drachenkönig sich entdeckt fühlte, gestand er dem Arzt die Wahrheit. Dieser forderte ihn daraufhin auf, sich rasch wieder in einen Drachen zu verwandeln.

Als der Arzt ihn anschließend untersuchte, entdeckte er, versteckt in den Schuppen an der Hüfte, einen giftigen Tausendfüßler. Schnell entfernte er das Tier, sog das Gift aus der Drachenhaut und trug eine Salbe auf. Nun dauerte es nicht lange und der Drachenkönig war völlig genesen. Aus Dankbarkeit verriet er dem Arzt ein Geheimnis:

Mit Drachentänzen kann man günstiges Wetter und eine reiche Ernte herbeilocken!

Dieses Wissen behielt der Arzt natürlich nicht für sich, und so tanzten von diesem Tage an die Menschen zu Ehren der Drachen. [36]

Heutzutage kann man einen Drachentanz oder eine Drachenparade überall dort in der Welt beobachten, wo es eine große chinesische Gemeinde gibt. In San Francisco/USA zum Beispiel ist der Drache der Höhepunkt der „GOLDEN DRAGON PARADE" zum Ende des chinesischen Neujahrsfestes.

---

[36] Döringer, H.-R.: Himmlische Mächte und irdische Feste, S.79f

Das Drachenkopffest
oder
Der Drache erhebt sich

Wie schon erwähnt, steigt der Drache am zweiten Tag des zweiten Mondmonats aus den Wassermassen empor, um zum Himmel zu fliegen und sich dort um den Regen zu kümmern. Die Menschen auf dem Land sehen diesem Tag mit Vorfreude entgegen und feiern das Fest „Der Drache erhebt sich". Dabei werden jahrhundertealte Zeremonien abgehalten, um den Drachen freundlich zu stimmen oder ihn sogar ins Haus zu locken, denn ein Drache im Haus ist glücksverheißend! Aber der Drache muss auch den Weg zu den Bauernhäusern finden, und in den verschiedenen landwirtschaftlichen Regionen versucht man dies auf unterschiedliche Weise zu erreichen. Ganz gewissenhafte Dörfler streuen mit Zucker oder Asche Drachenabbildungen vom nächstgelegenen Brunnen bis zu ihrem Haus. In anderen Gegenden begnügt man sich mit Schlangenlinien. Die Bauern in den Provinzen Shandong und Jiangsu malen konzentrische Kreise auf den Boden. Diese Kreise symbolisieren Getreidespeicher und weisen den Drachen darauf hin, dass er für eine gute Ernte sorgen soll. Zuweilen werden auch mit Asche Leitern dargestellt, die verdeutlichen, es werden haushohe Erntehaufen erwartet. In der Provinz Shaanxi findet man die ungewöhnlichste Art, den Drachen nach Hause zu locken. Hier versucht man es mit gebratenen Maiskörnern. Am zweiten Tag des zweiten Mondmonats streuen die Bauersleute die frisch gerösteten, aufgeplatzten Körner in ihre Höfe und hoffen,

damit den hungrigen Drachen anzulocken. Dieser Brauch geht auf eine Legende aus der Tang-Dynastie zurück und bezieht sich auf Wu Zetian, die erste Frau auf dem Drachenthron. Wu Zetian war auch die einzige Frau, die jemals offiziell den Titel „Chinesischer Kaiser" trug. Durch Intrigen, falsche Beschuldigungen und selbst Mordaufträge schaffte sie es, vom Rang einer Konkubine bis zur Hauptfrau des Kaisers aufzusteigen. Nach dessen Tod ernannte sie sich selbst zur Kaiserin und regierte von 690 bis 705. Das Volk war über die Geschehnisse am Hofe empört, und man erzählte sich folgende Geschichte:

Wu Zetian verärgert den Himmelsgott

Als die Tang Königin Wu Zetian sich selbst zur Kaiserin ernannte, war Yuhuang Dadi, der Jadekaiser und Herrscher des Himmels, sehr erbost. Er befahl daraufhin den vier Drachengöttern, die für den Regen zuständig waren, drei Jahre lang nicht einen einzigen Tropfen Wasser fallen zu lassen. Der Drachengott jedoch, der für den himmlischen Fluss zuständig war, hatte Mitleid mit den dürstenden Menschen. Er widersetzte sich dem Befehl seines Herren und ließ es regnen. Als Yuhuang Dadi davon erfuhr, verbannte er den ungehorsamen Drachengott zur Strafe unter einen Felsen. Auf diesen Felsen ließ er zur Abschreckung eine Stele stellen, die folgende Inschrift trug:

Der Drachengott hat die himmlischen Regeln gebrochen, indem er es regnen ließ.

Zur Strafe muss er tausend Jahre auf der Erde verweilen. Sollte er jemals wieder in den himmlischen Palast zurückkehren dürfen, dann nur, wenn aus goldenen Bohnen Blumen sprießen.

Um den gutherzigen Drachengott zu erlösen, suchten die Menschen überall nach goldenen Bohnen. Aber natürlich konnten sie keine finden; jedoch am zweiten Tag des zweiten Mondmonats des nächsten Jahres fanden die Bauern die Lösung. Als sie das Korn droschen, bemerkte ein kluger Kopf, dass die goldenen Körner Bohnen glichen und man die leeren Ähren als Blüten ansehen könnte. So begann jede Familie zu dreschen, und anschließend wurden Tische aufgestellt, auf denen man die Körner und Ähren als Opfergaben darbrachte. Der Drachengott hob seinen Kopf und sah das alles. Nun wusste er, dass die Menschen ihn retten wollten. Er rief Yuhuang Dadi zu: „Die goldenen Bohnen haben geblüht: Bitte lass mich frei!" Da blieb dem Himmelsgott nichts anderes übrig, als den Drachengott in den Himmel zurückzurufen und ihn sein Amt wieder ausführen zu lassen. Seit dieser Zeit dreschen die Menschen immer am zweiten Tag des zweiten Mondmonats das Korn. [37]

Das Drachenbootfest

Mit dem Ende des Totemkultes ging die alte Sitte, selbst den Drachen zu verkörpern, in den Brauch des Drachenbootfestes über.

---

[37] Döringer, H.-R., aaO S.81f

Es wird laut Dekret des Kaiserhofs seit der Song-Zeit am 5. Tag des 5. Monats nach dem chinesischen Mondkalender (Ende Mai/ Anfang Juni nach dem Gregorianischen Kalender) als Duanwu-Fest gefeiert und ist bis heute eines der bedeutendsten traditionellen Feste im Jahr.

Fast jeder Chinese bringt das Drachenbootfest mit dem Nationalhelden **Qu Yuan**, der auch die erste historisch fassbare Dichterpersönlichkeit ist, in Verbindung. Qu Yuan lebte von ca. 340-278 v. Chr. zur Zeit der Streitenden Reiche. In jenen Tagen gab es in China sieben Königreiche, die ständig miteinander Krieg führten. Die größten und mächtigsten unter ihnen waren die Reiche Chu und Qin. Das Reich Chu wurde von einem Herrscher regiert, der von vielen Ratgebern umgeben war, und Qu Yuan war einer der angesehensten unter ihnen. Unglücklicherweise verlor er sein Amt als Minister am Hofe des Königs durch Intrigen; er wurde verbannt. Daraufhin reiste er 20 Jahre in der Fremde umher und fasste seine Erlebnisse und Gefühle in Gedichten zusammen. Die Sorge um das Wohl seines Heimatlandes und dessen Zukunft ließ ihn schließlich in eine tiefe Depression stürzen. Als er eines Tages hörte, dass sein geliebtes Königreich Chu von der brutalen Armee der Qin unterworfen worden war, beschloss er, seinem Leben ein Ende zu setzen. Es heißt, er habe einen dicken Stein um seinen Leib gebunden und sich dann im Fluss Miluo in der heutigen Provinz Hunan ertränkt. Das geschah am fünften Tag im fünften Monat im Jahre 278 v. Chr., und die folgende Legende, die von Generation zu Generation weitererzählt wird, handelt davon:

Verzweifelt

Als das Volk vom Selbstmordversuch seines berühmten Dichters erfuhr, eilten die Menschen zu ihren Booten, ruderten in die Mitte des Flusses und versuchten, Qu Yuan noch zu retten. Sie schlugen Trommeln und spritzten Wasser, um Fische und böse Geister zu vertreiben. Später schütteten sie immer wieder Reis in den Fluss, damit Qu Yuan nicht Hunger leide und auch die Fische etwas zu essen hätten und sich nicht an seinem Körper labten.

Eines Nachts erschien Qu Yuans Geist seinen Freunden und erzählte ihnen, dass der Reis, der für ihn gedacht war, von einem riesigen Drachen weggeschnappt werde. Er bat darum, dass man den Reis fortan als Klebereis in dreieckige Tücher wickeln solle. Die Päckchen sollten mit Bändern in den kaiserlichen Farben Rot, Blau, Weiß, Gelb und Schwarz, die den fünf Himmelsrichtungen Süden, Osten, Westen, Mitte und Norden entsprechen, verschnürt werden, denn nur so könne man den Drachen abschrecken. Die Freunde erzählten von der Bitte des Geistes und alle Menschen am Fluss bemühten sich eifrig, den Anweisungen zu folgen. Von nun an konnte der Geist Qu Yuans in Frieden ruhen.[38]

Für Kinder hat die amerikanische Autorin Carol Stepanchuk die Geschichte als Märchen aufgeschrieben:

---

[38] Döringer, H.-R., aaO S.105

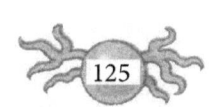

Der hungrige Flussdrache

Vor langer, langer Zeit lebte ein Fischer, der jeden Tag zum Fluss ging und seine Netze auswarf. Dabei streute er immer einige Reiskörner ins Wasser, um die Flussgeister zu besänftigen. So ging er eines Tages wieder zum Fluss, warf den Reis ins Wasser und wartete. Aber kein einziger Fisch kam geschwommen; stattdessen hörte er eine Stimme: „Ich bin hungrig!". Am nächsten Tag nahm er eine extra Handvoll Reis mit, aber wieder fing er keinen Fisch, sondern hörte nur: „Ich bin hungrig!" Am dritten Tag nahm er einen ganzen Sack Reis mit, den er ins Wasser leerte, bevor er die Netze auswarf. Da hörte er die Stimme wieder, diesmal ganz laut: „Ich bin hungrig!" Plötzlich sah er im hellen Tageslicht einen Mann, der sich als Dichter Qu Yuan vorstellte. „Was ist los?", fragte der Fischer, „Haben Sie nicht genug Reis?" „Nein", antwortete QU Yuan „Ein hungriger Drache frisst all den Reis. Er hat die Augen eines Hasen, die Schuppen eines Karpfen, die Klauen eines Habichts und das Gehörn eines Rehbocks. Seine Stimme klingt wie das Klappern von Töpfen und Pfannen, und wenn er nicht frisst, dann spielt er mit einer leuchtenden Perle in seinem Maul. Er folgt mir immer nach und stiehlt meinen Reis."

„Was kann ich tun?", fragte der Fischer. „Leg den Reis auf Bambusblätter und verschnüre sie mit grünen, roten, gelben und weißen Fäden. Die bunten Farben werden den Drachen verscheuchen!" Der Fischer tat wie ihm geheißen, und von dem Tage an hörte und sah er den Geist Qu Yuan nicht wieder und seine Netze waren immer reichlich gefüllt. [39]

---

39   Stepanchuk, C.: Red Eggs, S.36f

Das traditionelle Essen zum Drachenbootfest sind in Erinnerung an die Geschehnisse im Miluo-Fluss *Zongzi* – gefüllte Klebereispäckchen, in Bananenblätter gehüllt. *Zongzi* werden normalerweise mit einem getrockneten Bambusband verschnürt, manchmal entdeckt man auch heute noch welche mit bunten, symbolträchtigen Schnüren. Die Farben repräsentieren nicht nur wie oben erwähnt die Himmelsrichtungen, sondern auch die fünf Elemente: Das Blau steht für Holz, Rot für Feuer, Gelb für die Erde, Weiß für Metall und Schwarz für Wasser. Während man im Norden süße Füllungen aus roter Bohnenpaste, chinesischen Datteln oder kandierten Früchten bevorzugt, isst man im Süden lieber herzhaft gefüllte *Zongzi*. Die Erwachsenen trinken dazu gerne gelben Wein.

Unter den Klängen der Trommeln und den Anfeuerungsschreien der Zuschauer wird das Wettrennen der Boote zu einem fröhlich lauten Ereignis.

4. Der Drache als Tierkreiszeichen

Das Zodiak-Zeichen, unter dem ein Mensch geboren ist, wird als das Leben bestimmend angesehen. In China heißt es:

„Dein Zodiak-Tier ist das Tier, das sich in deinem Herzen versteckt. Erkenne es an, verstehe es, behandle es respektvoll und pfleglich, so wird es dich zu Glück und Erfolg auf deinem Lebensweg führen."

In der chinesischen Astrologie gibt es 12 Tierkreiszeichen in wiederkehrender chronologischer Reihenfolge. Gläubige Buddhisten sind der Ansicht, dass Buddha für die Entstehung der Tierkreiszeichen verantwortlich ist.

Eine Einladung von Buddha

Vor langer, langer Zeit lud Buddha alle Tiere ein, um mit ihnen das Neujahrsfest zu feiern. Als nun der bestimmte Tag herankam, folgten nur zwölf Tiere seiner Einladung. Es erschienen der Reihe nach: die Ratte, der Büffel, der Tiger, der Hase, der Drache, die Schlange, das Pferd, die Ziege, der Affe, der Hahn, der Hund und das Schwein. Als Dank machte Buddha seinen Getreuen zum Geschenk, dass jeder Herrscher über ein Jahr werden solle und in dieser Zeit alle Ereignisse und Schicksale bestimmen könne. [40]

Weit verbreitet ist die Geschichte vom Wettstreit der Tiere. Die Amerikanerin Dawn Casey hat zum Zodiak ein lustiges Märchen geschrieben, das Anne Wilson wunderschön illustriert hat.

Das große Wettschwimmen

Vor vielen, vielen Monden hatten die Menschen in China noch keinen Kalender und wussten weder Jahr noch Tag noch Zeit. „Das muss sich ändern", sprach der Jadekaiser, Herrscher des Himmels. „Ich möchte einen Kalender haben und jedes Jahr nach einem anderen Tier benennen. Wie soll ich aber die Tiere aussuchen? Am besten wird wohl ein Schwimmwettbewerb sein, und ich werde die Jahre nach den Tieren benennen in der Reihenfolge, wie sie das Ufer erreichen!" Eine Einladung erging an alle Tiere des Reiches.

Damals waren Ratte und Katze beste Freunde. Aufgeregt reisten sie zusammen zum Fluss. Als sie aber ankamen, sank ihr Mut. Der Fluss war breit und reißend. „Schau mal, wie viele Tiere schon hier sind!", klagte die Katze. Hoch oben am Himmel kreiste ein seltsames Ungetüm. Es hatte den Kopf eines Kamels,

---

40 Döringer, H.-R., aaO S. 21

die Hörner eines Hirsches, einen langen Bart und feurige Augen – ein Drache. Unter ihm schlich ein Tiger hin und her. Sich von Ast zu Ast schwingend schwätzte aufgeregt ein Affe. Die Schlange hatte sich um einen Ast gewunden. „Die sieht richtig zahm aus!", dachte die Ratte. Nicht weit entfernt stand der Ochse und wartete geduldig. Das Schwein suhlte sich im Matsch, und der Hund stromerte schwanzwedelnd umher. Der Hase starrte zum Mond hinauf, der noch schwach am Himmel zu sehen war. Das Schaf saß im Gras und beobachtete den Hahn, der stolz seine Federn präsentierte. Das Pferd stampfte mit den Hufen und schüttelte seine Mähne. „Ich bin das kleinste Tier hier!", sagte die Ratte. „Wir gewinnen nie!", jammerte die Katze. Daraufhin verfiel die Ratte in Schweigen, aber ihre Schnurrhaare bebten, der Schwanz ringelte sich und ihre listigen Äugelein funkelten. Schließlich sprach sie zur Katze: „Warte hier! Ich habe einen Plan." Die Ratte lief schnell zum Ochsen und begann eine Unterhaltung, dabei machte sie ihm Komplimente und sprach: „Wie schön und stark du bist, Ochse! Dein Rücken ist so breit, dass du ohne Schwierigkeiten ein oder zwei kleine Tiere über den Fluss transportieren könntest. Die Katze und ich würden gerne mit dir kommen." „Natürlich, liebe Ratte", entgegnete der Ochse, „du kannst dich auf mich verlassen!" So kletterten die beiden auf des Ochsen Rücken, und der Jadekaiser rief:

AUF DIE PLÄTZE! FERTIG! LOS!

Was gab das für ein Geplantsche und Gespritze, als alle Tiere ins Wasser sprangen. Der Ochse schwamm sicher und ruhig. Es war so gemütlich, dass sich die Katze auf seinem Rücken

zusammenrollte, die Augen schloss und zu schnurren begann. Die Ratte sah, dass das Schwein sich in aller Gemütsruhe noch nahe dem Ufer ausruhte. Bald überholten sie den Hund, der im Wasser spielte. „Vorwärts!", flüsterte die Ratte dem Ochsen ins Ohr. Inzwischen hatte der Hahn etwas entdeckt. „Ein Floß!", rief er. „Kommt mit drauf!", lud er Affe und Schaf ein. „Das ist lustig!", schrie der Affe, als er aufsprang. „Aber ist es auch sicher?", murmelte das Schaf und kletterte mühsam hinauf. Die Ratte beobachtete das wackelnde Floß, als der Ochse vorbeischwamm. Über allen schlängelte sich der Drache durch die Lüfte. Er war zu gewaltig, um im Wasser zu schwimmen. Deshalb hatte der Jadekaiser ihm den Auftrag gegeben, die Winde in Schach zu halten. „Wir kommen näher!", schrie die Ratte dem Ochsen zu. „Weiter so!" Und der Ochse schwamm sicher und ruhig. Nun erreichten sie den Hasen. Beim Anstarren des Mondes war ihm eine Idee gekommen. Er sprang behände von einem dicken Stein im Fluss zum nächsten. Der Tiger kämpfte sich durch die Strömung. Der Ochse schwamm weiter sicher und ruhig. „Jetzt führen wir!", schrie die Ratte. Sie konnte den Jadekaiser schon am Ufer warten sehen. Als die Ratte die Katze so friedlich auf des Ochsen Rücken schlummern sah, dachte sie bei sich: „Faules Ding, sie wird ausgeruht und fit sein, wenn wir ankommen, und schneller das Ziel erreichen als ich. Das kann nicht sein!" Und schwupp stieß sie die Katze ins Wasser. Platsch!!! Der Ochse drehte sich um, um zu sehen, was passiert war, aber er sah nur die anderen Tiere näher kommen und schwamm ruhig und sicher weiter. Gerade als der Ochse ans

Ufer steigen wollte, nahm die Ratte auf seinem Rücken Anlauf und sprang.

„Die Ratte ist Sieger!", rief der Jadekönig. „Und das erste Jahr im Kalender wird das Jahr der Ratte sein!" Kurz hinter der Ratte kam der Ochse schwerfällig an Land und konnte seinen Augen kaum trauen, als er sah, dass die Ratte schon da war. „Wie kann das sein? Wieso ist die Ratte schon hier?", brüllte er ungläubig. Der Jadekönig lachte: „Die Ratte mag wohl klein sein, aber sie ist auch clever."

Nicht lange und der Tiger flitzte vorbei. „Dritter", rief der Jadekaiser. Als nächstes kam der Hase. Dann schwang sich der Drache als fünfter vom Himmel. Gerade als das Pferd an Land steigen wollte, schlängelte sich die Schlange zwischen seinen Hufen hindurch und zischte „Sssssechster!" So wurde das Pferd Siebter, das Schaf Achter, der Affe Neunter und das Hahn Zehnter. Der Hund kam als Elfter und dann kam das Schwein. „Das Schwein ist das zwölfte und letzte Tier im Kalender. So soll es sein!", erklärte der Jadekaiser. „Ihr habt es gut gemacht. Jeder von euch hat mit seinen eigenen Fähigkeiten den Fluss überwunden. Von nun an soll jedes Kind, das in eurem Jahr geboren wird, eure Talente teilen!"

Und was war mit der Katze? Die Katze plantschte im Fluss herum und versuchte zu schwimmen, aber es gelang ihr nicht, denn sie hasste das Wasser. So erreichte sie das Ufer nicht aus eigener Kraft, und deshalb gibt es auch kein Jahr der Katze. Der Ratte aber konnte die Katze ihre Hinterlist nicht verzeihen, und deshalb sind die beiden seit dieser Zeit die ärgsten Feinde. Der

Jadekaiser zog das tropfnasse Tier aus dem Wasser und sprach: „Mach dir nichts draus! Hauptsache ist, du hast mitgemacht und dein Bestes gegeben. Und nun wird gefeiert!" Es gab ein großes Fest mit Essen, Trinken, Tanz und Feuerwerk, und alle Tiere waren glücklich und wünschten einander Wohlstand, Gesundheit und Glück. [41]

Diese Auswahl besteht schon seit der Zeit der Han-Dynastie, und es ist verwunderlich, dass der Drache als einziges Tier ein Fabeltier ist. Es könnte daran liegen, dass man annahm, der Drache stamme von Riesenechsen oder Dinosauriern ab und wäre somit vor vielen Menschengenerationen ein real existierendes Tier gewesen.

Auf alle Fälle gilt der Drache als das wichtigste Tierkreiszeichen und als ein Glückszeichen für den Menschen, der in einem Drachenjahr geboren ist. In den Zeiten der Einkind-Politik möchten alle Eltern, dass ihr Kind ein „Drachenkind" wird, und so kann man alle zwölf Jahre einen wahrhaften Babyboom beobachten.

---

[41] Casey, D. & Wilson, A.: The Great Race

Nachwort

Ohne das Sammeln und Aufschreiben der Mythen, Märchen und Geschichten durch viele Forscher und Autoren wäre das Buch nicht möglich gewesen. Die Literaturliste ist daher lang. Ich habe versucht, mit Hilfe der ausgewählten Beispiele das schillernde Bild des Chinesischen Drachen lebendig werden zu lassen. Viel Unterstützung wurde mir beim Entstehen dieses Buches zuteil. Meine ehemalige Studentin, Frau Li Shuang, forschte in chinesischen Quellen. Unsere Familie in Hongkong ging auf die Suche nach authentischen Drachendarstellungen, Herr Eberhard Zirkel überließ mir seine persönlichen Aufzeichnungen, mein ehemaliger Kollege Rick Rabon besorgte chinesische Literatur in Taiwan, meine Freundin Margret Kessler und mein Mann Heinz-Otto Döringer begleiteten den Schreibprozess und lasen Korrektur, Frau Beate Horlemann übernahm das Lektorat. Herr Manfred Brand entwarf die Titelseite, sorgte für die Gesamtgestaltung und die Veröffentlichung des Buches. Besonders erwähnen möchte ich noch meinen Lehrer Joseph Wang, der mich in Hongkong in die Kunst der chinesischen Tuschmalerei einführte und der das Märchen *„Der Drache Long-bin und die schöne Mei-ling"* für mich illustrierte.

Es hat Freude gemacht, mit allen meine Begeisterung teilen zu können, dafür bin ich sehr dankbar.

Ausgewählte Quellen und Literatur

Bei der Abfassung des Manuskripts wurde Literatur in deutscher und englischer Sprache hinzugezogen. Die englischen Texte habe ich frei übersetzt und deutschsprachige Quellen, soweit nicht wörtlich zitiert, in eigenen Worten wiedergegeben.

Literatur in deutscher Sprache

Andersson, J. G., „Der Drache und die fremden Teufel", Brockhaus, Leipzig, Deutschland, 1927

Bandini, P., „Drachenwelt – Von den Geistern der Schöpfung und Zerstörung", Weilbrecht Verlag, Stuttgart, Deutschland, 1996

Bandini, D.& G., „Das Drachenbuch", dtv, München, Deutschland, 2002

Böhner, I., „Das Drachenbuch", Bollmann Verlag, Mannheim, Deutschland, 1995

Eberhard, W., „Lexikon chinesischer Symbole", Diederichs Verlag, Köln, Deutschland, 1983

Fitzgerald, C. P., „China – Von der Vorgeschichte bis zum 19. Jahrhundert", Magnus Verlag, Essen, Deutschland, 1975

Früh, S. (Hrsg.), „Märchen von Drachen", Fischer Taschenbuch Verlag, Frankfurt/Main, Deutschland, 1988

Gebhard, H., Ludwig M., „Von Drachen, Yetis und Vampiren – Fabeltieren auf der Spur", BLV Buchverlag, München, Deutschland, 2005

Guter, J., „Drachen-Ungeheuer und Glücksbringer", V.F. Sammler im Stocker Verlag, Graz, Österreich, 2002

Guter, J., „Lexikon der Götter und Symbole der alten Chinesen", marixverlag, Wiesbaden, Deutschland, 2004

Häring, V. & Hauser, F., „Flusskreuzfahrten auf dem Jangzi", Trescher Verlag, Berlin, Deutschland, 2006

Kausch, A., „Seidenstraße", DuMont Reiseverlag, Ostfildern, Deutschland, 2008

Kaminski, G. & Kreissl, B., „Drache – Majestät oder Monster", ÖGCF, Wien, Österreich, 2000

Nagel-Angermann, M., „Das alte China", Konrad Theiss Verlag, Stuttgart, Deutschland 2007

Qiu Huanxing & Lu Xhongmin, „Sitten und Gebräuche in China", Verlag für fremdsprachige Literatur, Beijing, 1992

Rinkenbach, I. & Hodapp, B., „Das Grosse Buch der Drachen", Schirner Verlag, Darmstadt, Deutschland, 2002

Sanders, T. T. S., „Geister und Drachen der Chinesen", Tessloff Verlag, Deutschland 1981

Shuker, K., „DRACHEN Mythologie – Symbolik – Geschichte", Bechtermünz Verlag, Augsburg, Deutschland, 1997

Skinner, St., „Chinesische Geomantie – Die gesamte Lehre des Feng-Shui", Dianus-Trikont Buchverlag GmbH, München, Deutschland

Staufenbiel, G., „Heilige Drachen" Bd.1, tredition GmbH, Hamburg, Deutschland, 2012

Wieg, P. & Freyer, J., „Chinesische Fluss-Dschunken", VEB Hinstorff Verlag, Rostock, Deutschland, 1988

Wilhelm, R., „Chinesische Märchen", Salzwasser Verlag, Paderborn, Deutschland, 2012

Winchester, S., „Der wilde Strom – Eine Reise auf dem Jangtse", Knaus Verlag, München, Deutschland, 2000

Zimmermann, A. & Gruschke, A., „Als das Weltenei zerbrach", Hugendubel Verlag, Kreuzlingen/München, Deutschland 2008

Literatur in englischer Sprache

Bates, R., "Chinese Dragons", Oxford University Press, New York, USA, 2002

Birrell, A., "Chinese Myths", British Museum Press, London, Great Britain, 2000

Casey, D. & Wilson, A., "The Great Race – The Story of the Chinese Zodiac", Barefoot Books, Cambridge MA, USA, 2006

Chang, A. &Zhang S. N., "Awakening the Dragon", Tundra Books, Toronto, Canada, 2004

Gould, Ch., "Mythical Monsters",

Li Jian, "The Water Dragon", Shanghai Press and Publishing Development Company, China, 2012

Li, Xiaoxiang & Fu Chunjiang, "Origins of Chinese People and Customs", ASIAPAC Books, Singapore, 2008

Mah, A.Y., "China – Land of Dragons and Emperors", Allen & Unwin, Crow's Nest NSW, Australia, 2008

Meskill, J., "An Introduction to Chinese Civilisation", D. C. HEATH and Company Lexington, USA, 1973

Newton Hayes, L., "The Chinese Dragon", 90-Year Anniversary Edition, Revised by Rubacek, 2012

Qi Dongye & Lu Xianwen, "Disappearing Customs of China", Marshall Cavendish Editions, Singapore, 2007

Qi Xing, "Folk Customs at Traditional Chinese Festivities", Foreign Language Press, Beijing, China, 1988

Sellier, M., Louis, C. & Wang, Fei, "Legend of the Chinese Dragon", Edition Philippe Picquier, France, 2006

Stepanchuk, C. & Wong, Ch., "Mooncakes and Hungry Ghosts", China Books & Periodicals, 1991

Stepanchuk, C., "Red Eggs & Dragon Boats"; Pacific View Press, Berkley, USA, 1993

Suckling, N. & Anderson, W., "Legends & Lore", Barnes & Noble, INC., 2000

Sung, V., "five-fold happiness", Chronicle Books LLC, San Francisco, USA, 2002

Walls, J. & Y., "Classical Chinese Myths", Caves Books, LTD., Taipei, Taiwan, China, 1984

Werner E. T. C., "Myths and Legends of China", Dover Publications, Inc., New York, USA 1994

Wilkinson, Ph. & Philip, N., "Mythology" –Visual Reference Guides, Metro Books, New York, 2007

Wong, C. (Ed.), "Chinese Symbols and Icons", The Commercial Press, New York, USA 2009

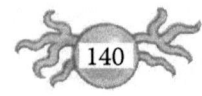

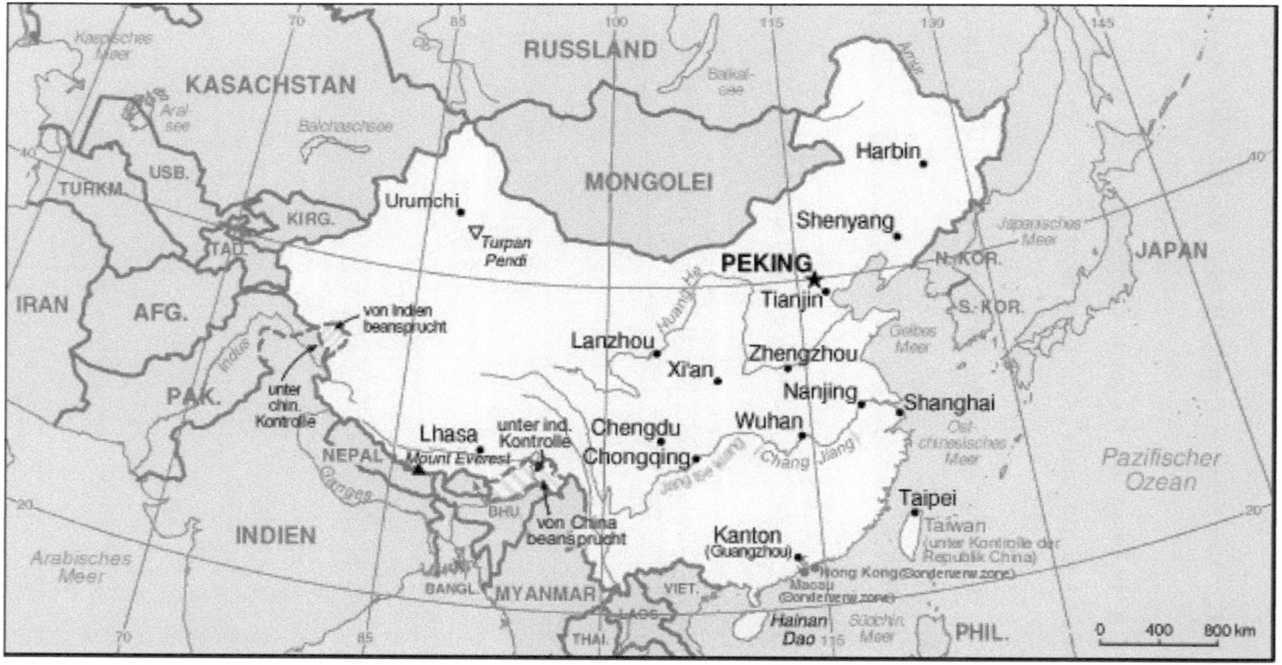
RUSSLAND
KASACHSTAN
MONGOLEI
Baikalsee
Balchaschsee
Aralsee
USB.
TURKM.
KIRG.
TADS.
IRAN
AFG.
PAK.
Indus
NEPAL
Ganges
BHU.
INDIEN
BANGL.
MYANMAR
THAI.
LAOS
VIET.
Arabisches Meer
Urumchi
Turpan Pendi
von Indien beansprucht
unter chin. Kontrolle
Lhasa
Mount Everest
unter ind. Kontrolle
von China beansprucht
Lanzhou
Xi'an
Chengdu
Chongqing
Huang He
Chang Jiang
Harbin
Shenyang
PEKING
Tianjin
Zhengzhou
Nanjing
Shanghai
Wuhan
Kanton (Guangzhou)
Hong Kong (Sonderverw.zone)
Macau (Sonderverw.zone)
Hainan Dao
Südchin. Meer
Taipei
Taiwan (unter Kontrolle der Republik China)
Ostchinesisches Meer
Gelbes Meer
Japanisches Meer
N.-KOR.
S.-KOR.
JAPAN
PHIL.
Pazifischer Ozean
Amur
0 400 800 km

Chinesische Dynastien

Xia-Dynastie	2070 v. Chr. – 1600 v. Chr.
Shang-Dynastie	1600 v. Chr. – 1046 v. Chr.
Westliche Zhou-Dynastie	1046 v. Chr. – 771 v. Chr.
Frühlings- und Herbstperiode	770 v. Chr. – 476 v. Chr.
Zeit der Streitenden Reiche	475 v. Chr. – 221 v. Chr.
Qin-Dynastie	221 v. Chr. – 205 v. Chr.
Westliche Han-Dynastie	206 v. Chr. – 25 n. Chr.
Östliche Han-Dynastie	25 v. Chr. – 220 n. Chr.
Zeit der Drei Reiche	220 v. Chr. – 280 n Chr.
Westliche Jin-Dynastie	265 n. Chr. – 317 n. Chr.
Östliche Jin-Dynastie	317 n. Chr. – 420 n. Chr.
Südliche und Nördliche Dynastien	420 n. Chr. – 589 n. Chr.
Sui-Dynastie	581 n. Chr. – 618 n. Chr.
Tang-Dynastie	618 n. Chr. – 907 n. Chr.
Zeit der 5 Dynastien	907 n. Chr. – 960 n. Chr.
Nördliche Song-Dynastie	960 n. Chr. – 1127 n. Chr.
Südliche Song-Dynastie	1127 n. Chr. – 1279 n. Chr.
Yuan-Dynastie	1271 n. Chr. – 1368 n. Chr.
Ming-Dynastie	1368 n. Chr. – 1644 n. Chr.
Qing-Dynastie	1644 n. Chr. – 1911 n. Chr.
Republik China	1912 n. Chr. – 1949 n. Chr.
China	Volksrepublik seit 1949

Autorenporträt

Heide-Renate Döringer, Dr. phil., ist promovierte Linguistin und Poesiepädagogin. Sie unterrichtete während vieler Jahre Deutsch und Englisch an der Frankfurt International School in Oberursel / Taunus. Die Begegnung mit Menschen verschiedener Nationalität hat sie immer fasziniert und dazu inspiriert, die Welt zu erkunden. Ihre Erlebnisse und Empfindungen auf Reisen hält sie in Tagebüchern und Gedichten fest. Ein Gastsemester als Dozentin an der Fremdsprachenuniversität in Xi'an / China im Jahre 2008 bot ihr Gelegenheit, die Menschen und die Geschichte des faszinierenden Landes näher kennenzulernen. Seitdem befasst sie sich intensiv mit verschiedenen Aspekten dieser Jahrtausende alten Kultur und sammelt dazu Mythen, Märchen und Legenden.

Weitere Veröffentlichungen zu diesem Thema:

„Der Himmel liebt Menschen, die gerne essen" Eine kulinarische Reise durch China mit Gerichten und ihren Geschichten, Horlemann Verlag, 2008
„Himmlische Mächte und Irdische Feste" Durch das Mondjahr mit Mythen, Märchen und Legenden, Horlemann Verlag, 2011
„Seide" Gesponnene Geschichten entlang der Seidenstraße, BoD Norderstedt, 2013

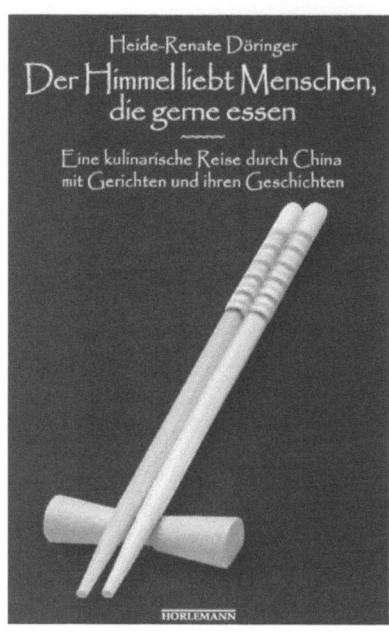

Heide-Renate Döringer

Der Himmel liebt Menschen, die gerne essen

Eine kulinarische Reise durch China mit Gerichten und ihren Geschichten
180 Seiten, Broschur, zahlr. s/w-Fotos u. Karten, 12,90 €
ISBN 978-3-89502-281-4

Wie kommt es, dass ein aufwendig zubereitetes, köstliches Mahl „Bettlerhuhn" heißt? Was kann sich hinter „Buddha springt über die Mauer" verstecken? Die große Bedeutung des Essens für die Chinesen und der poetische Name vieler Speisen wecken Neugier. Und so beschloss die Autorin, sich mit diesem Thema näher zu befassen. Sie machte sich auf die Suche nach Volksmärchen, Legenden und Anekdoten, Redewendungen und Sprichwörtern, die von den Grundnahrungsmitteln der Chinesen und vom Ursprung oder geschichtlichen Hintergrund bestimmter Gerichte erzählen.

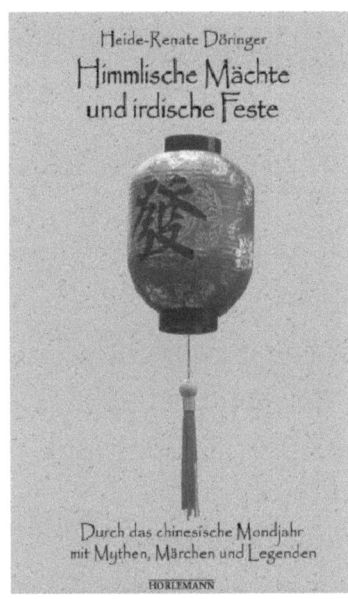

Heide-Renate Döringer

Himmlische Mächte und irdische Feste

Durch das Mondjahr mit Mythen, Märchen und Legenden
208 Seiten, Broschur, zahlr. s/w-Fotos u. Karten, 14,90 €
ISBN 978-3-89502-314-9

Das kulturelle Leben aller Chinesen ist geprägt durch traditionelle Feste, die sich nach dem Mondkalender richten. In jedem Mondmonat werden von Han-Chinesen und ethnischen Minderheiten unterschiedliche Feste gefeiert. Diese wurzeln meist in der Landwirtschaft, da China Jahrtausende lang ein Agrarland war. Eine reichhaltige Ernte und das Ausbleiben bzw. das Überwinden von Naturkatastrophen waren lebensnotwendig.

Das Buch erzählt mit Mythen, Sagen und Volkserzählungen vom chinesischen Mondkalender und den Tieren des Zodiaks. Es berichtet vom Glauben an einen himmlischen Pantheon, in dem eine Vielzahl von Göttern herrscht, von Ungeheuern und Plagen, welche die Menschheit heimsuchen, und von Ritualen, mit deren Hilfe die Geister besänftigt und die Gunst der Götter beschworen werden. Die von Generation zu Generation weitergegebenen Geschichten schenken dem Leser interessante Einblicke in eine mythische, farbenfrohe Welt jenseits des schnellen Fortschritts und der Staatsmacht.

Heide-Renate Döringer

Seide

Mythen - Märchen - Legenden
Gesponnene Geschichten entlang der Seidenstraße
224 Seiten, Broschur, zahlr. s/w-Fotos u. Karten, 14,90 €
ISBN 978-3-73225-402-6

Auch als e-Book erhältlich.

Seide – kostbar, geschmeidig, glänzend, edel, elegant, exotisch, erotisch, verführerisch, faszinierend – ein wundersamer Faden, der seit Jahrtausenden Freude schenkt und Begehrlichkeiten weckt.
Archäologische Funde deuten darauf hin, dass die Seidenkultur im 5. und 4. Jahrtausend vor Christus in China ihren Anfang fand. Von dort reiste die Seide dann seit der Zeit der Han-Dynastie (206 v. Chr.-220 n. Chr.) unaufhaltsam entlang der sogenannten Seidenstraße durch Asien bis nach Europa.
Es gelang den Chinesen viele Jahrhunderte lang, das Geheimnis der Seidenproduktion zu hüten, und so ist es nicht verwunderlich, dass Mythen, Märchen und Legenden entstanden und verbreitet wurden. Auch war das Reisen in früheren Zeiten abenteuerlich und gefährlich, und die zuhause Gebliebenen konnten kaum glauben,

was ihnen von fremden Ländern und Menschen berichtet wurde.
Im Buch erzählen Mythen, Märchen und Legenden von der Entdeckung der Seide und ihrem Weg nach Europa, sei es entlang der kontinentalen oder auf der maritimen Seidenstraße. Es ist eine Reise durch Zeit und Raum, die schließlich mit Geschichten zur Fallschirmseide im 2. Weltkrieg endet. Die Autorin hat, ebenso wie in ihren beiden vorherigen China-Büchern, diese Geschichten auf Reisen, in Museen und Bibliotheken gesammelt und aufgeschrieben. Viele Fädchen und Fäden liefen zusammen, aus denen schließlich ein faszinierendes Gewebe entstand.